双葉文庫

珈琲屋の人々

ちっぽけな恋

池永陽

目次

特等席

時計に目をやると四時少し前だった。

十五分ほど前に中年の夫婦が帰ったあとは客がなく、店のなかは静まり返っていた。

行介《こうすけ》はカウンターのなかから、ゆっくりと店内を見回す。お世辞にも綺麗《きれい》な店とはいえなかったが、樫《かし》材を用いた店内は重厚感があり歴史を感じさせた。

『珈琲屋』――総武線沿いの小さな商店街にある古びた店は行介のたったひとつの財産であり、生活の糧でもあった。

行介は視線をコーヒーサイフォン用のアルコールランプにやると、それを自分の前にそっと置く。

蓋をとって火をつける。

橙《だいだい》色の炎が、何かを待っているように揺れながら燃えている。行介はほんの少し、その炎を睨《にら》みつけてから節くれ立った大きな右手を火の上にかざす。

熱さがすぐに掌《てのひら》に伝わる。熱さはやがて痛みに変って行介の掌を焼くはずだった。

「人を殺した手……」

うめくような声を行介は胸の奥であげる。

熱さが掌から体の全部に伝わる。もうすぐ痛みが始まるはずだ。痛みが始まれば心は落ちつく。

行介が歯を食いしばったとき、扉の上の鈴が鳴って人が入ってきた。行介の手がアルコールランプから離れ、炎の上に蓋をかぶせる。

「相変らず、はやってねえな、この店は」

憎まれ口を叩きながらカウンターの前に座りこんだのは、幼馴染《おさななじみ》の島木《しまき》である。

「ブレンド」

と怒鳴るようにいう島木に、行介は今まで掌をかざしていたものとは別のアルコールランプに火をつける。

「お前の店は、はやっているのか」

サイフォンを操作しながらいう行介に、

「はやってねえよ。はやってたらこんな時間にこんなところにこねえよ」

軽く頭を振りながらいう。

同じ商店街で島木は『アルル』という名の洋品店をやっている。

「どこもかしこも不景気だからな」

ぼそっとした調子で口に出す行介に、

「そう。どこもかしこも不景気。しかし、連日満員御礼の店もある」

島木はやや得意げな表情でいった。

「そんな店があるのか。この商店街にある店なのか」

「そうだ。この商店街の店で、だ」

島木は得意げな表情のままいい、

「ところで行さん。お前さん、おでんは好きか」

唐突な質問をぶつけてきた。

「そりゃあ、まあ。おでんは好きなほうだが……」

「じゃあ、今夜は俺につきあえ。おでんを食ってビールでも飲め。秋も深まって、いい季節になったことでもあるしな」

島木は命令口調でいった。

「それはいいが――なぜ、急におでんなんだ」

と行介は口にしてから、

「ひょっとして、満員御礼の店というのが、そのおでん屋なのか」

納得した表情を浮べていった。

「そういうことだ。不景気に逆行している店だ。ところで、この店は何時までだったかな」

「いちおう、十時までということになっているが」

「じゃあ、九時頃迎えにくるから、早じまいにしろ」

またもや命令口調でいう島木に、

「この商店街でおでん屋というと、俺は文江《ふみえ》ばあさんの店しか知らんが、新しいおでん屋でもできたのか」

行介はサイフォンから湯気の立つコーヒーをカップに移し、スプーンをそえて島木の前に置く。

「その、文江ばあさんの店の『伊呂波《いろは》』だ。以前は閑古鳥《かんこどり》が鳴いてて淋しい限りだったが、今は一転して大繁盛という有様だ」

「あの、文江ばあさんの店が大繁盛とは、にわかには信じられん話だが――いったいどんな手を使ってそういうことになったんだ。何か理由があるだろう」

「大いにある」

島木は大きくうなずいた。

「何なんだ、その理由というのは」

太い腕をくむ行介に、

「簡単なことさ。カウンターに立つ人間が、文江ばあさんから他の人間に変った。それだけのことだ」

島木は顔中を笑いにしていった。

「他の人間……」

行介は独り言のように呟《つぶや》いてから「あっ」と大声をあげた。

「つまり、店に立つ人間が若い娘に変った。そういうことなのか」

「中《あた》らずといえども遠からず。年は三十五、六だから若いとはいえないが、しかしこれが」

島木の顔に意味深長な表情が浮ぶ。

「すこぶるつきの美人だ」

「……」

「美人のいるところ、男が雲霞《うんか》の如く群がるのは古今東西、太陽が東から昇るより確かなことだからな。だからまあ、お前にもその有難い顔を拝ませてやろうという俺の仏心だ」

「仏心なあ。しかし、お前の性格からいって、とてもそれだけの理由とは俺には思えんのだが」

皮肉っぽい行介のいい方に、

「そうともいえるな。実は他にも理由がある」

仏頂面《ぶっちょうづら》で島木はいってから、

「お前、文江ばあさんの店の特等席はどこかわかるか」

妙なことを訊いてきた。

商店街の東端にある伊呂波はコの字形のカウンターだけの造りで、十人も客が入ればいっぱいという店だった。そのカウンター席の特等席といえば――。

「奥の端っこだな。あそこなら一人しか座れないから、いくら店が混んできても動く必要はない。それに落ちついて飲んだり食ったりするなら、やはり奥がいちばんいい」

明快に答える行介に、

「その通り。さらにひとつ加えるとすると、落ちついている分だけ美人の顔をじっくり見ることができる。ちょうど酒の燗《かん》をつける容器がすぐ前に置いてあるから、美人が近くにくる頻度も高い。同じ端っこでも、入口を入ったすぐの席では、目の前にそういったものがあるわけでもないから、おでんか酒を注文しない限り美人は寄ってもこない、最悪の席ということになる。そういうわけで特等席は、お前のいうように奥の端っこだ」

島木は長々と説明をしてから、

「ここに問題が生じたんだな。その特等席を常に占拠する人間が現れた。いつ伊呂波に行っても同じ人間が座っている。そういうことだ」

吐きすてるようにいった。

「占拠とはまた尋常じゃないな――しかし、その特等席にいつもいるというのは、いったいどこの誰なんだ。俺の知ってる人間なのか」

「知ってるんじゃないかな。以前商店街で花屋をやっていたがうまくいかず、今は警備会社に勤めている山下《やました》という男なんだが」

知っている人間だった。

表情の乏しい覇気のない中年男で『山下生花店』がつぶれたときは、あの性格ではそれも当然だという町の噂《うわさ》を聞いたことがある。体も小さかったが、無口で気弱な山下の性格は商売人には到底向いていなかった。あのときは確か、十五年ほど連れそった奥さんとも別れたということだった。

「あの山下さんが、いつも特等席に。本当なのか、それは」

信じられない思いで行介がいうと、

「俺も最初は耳を疑った。あの気弱な男が特等席を占拠しつづけるとは、そんなことはなかなか」

島木は吐息まじりでいった。

「お前は占拠しているというが、警備会社に勤めているのなら夜勤もあるだろうし、毎日伊呂波に居つづけているわけではないと思うが」

「理屈では確かにそうなるが、とにかく俺が顔を出すと必ず、やつが特等席にいるんだから文句もいいたくなるさ。しかも」

島木はぎょろりと目をむいた。

「いくら何でも、それはおかしいだろうと何度も睨みつけてやったんだが、まったく動じる気配はない。こっちの視線などどこ吹く風で、無視を押し通している」

「あの気弱そうな山下さんが、そんなことを」

首をひねる行介に、

「そこでお前の登場ということになる。俺のようなおとなしい人間が睨みつけても駄目なら、これはもうお前しかない。そのごつい体と、男っぽい顔で睨みつければあの男も考え直すんじゃないかと思ってな」

子供じみたことをいい出した。

「そんな、高校生の喧嘩のようなことを」

苦笑する行介に、

「お前は木綿子《ゆうこ》さんを見てないから——いい遅れたが、問題の主は文江ばあさんの遠縁とかで木綿子さんといって、これがさっきもいった通り正真正銘の美人。それを考えると腸《はらわた》が煮えくり返るというか、何というか」

山下のことがよほど気に食わないのか、子供のように頰《ほお》を膨らますが、島木は女性に関する限り、極端に熱くなる一面がいまだにあった。

「町内きってのプレイボーイのお前としたら、決して見逃すことはできんということか。しかし一緒に行くのはいいとしても、相手を睨みつけることなど俺には到底できんぞ」

「それはまあいいさ。とにかく俺の隣に座っていてくれるだけでもな」

ぼそっとした調子で島木はいった。

「しかし、お前は若いときとまったく変らんなあ。これは嫌みでも何でもなく感心していうんだが、その情熱を半分でも商売のほうに向けたらどうだ」

「そんな口を叩けるのも、お前が木綿子さんを実際に見てないからのことで、その目で確かめれば俺の気持も納得できるさ。何たって冬《ふゆ》ちゃんといい勝負なんだから」

「冬子《ふゆこ》と！」

「そう断言すれば、お前も木綿子さんの美人ぶりが想像できるだろう。簡単にいえばそういうことさ」

なぜだか島木は得意げに胸を張る。

そのとき、ちりんと音がして客が一人入ってきた。

「こんにちは、行ちゃん」

話題の主の冬子である。

「あら、今日は島木君も一緒なんだ」

いいつつ冬子は島木の隣にすべりこむように座る。

「何だか俺がいると邪魔なようだな、冬ちゃん」

島木は冗談っぽくいうが、半分は本音なのかもしれない。

「何を莫迦《ばか》なことをいってるのよ。あっ、私いつものブレンド、お願いします」

屈託《くったく》のない声を冬子はあげる。

「しかし、こんな時間にくるとは『蕎麦処・辻井』もやはり景気が悪いということか」

独り言のようにいう島木に、

「景気が悪いのは確かだけど、食べ物商売がこの時間帯にひまなのは今に始まったことじゃないじゃない」

「あっ、そうだった」

島木はちょっと肩を竦《すく》めてみせる。

「そんなときにはここにくるのがいちばん。穏やかな空気が流れていて、おいしいコーヒーがあって、行ちゃんがいて。そして時々、島木君がいて」

冬子は嬉しそうに顔を綻《ほころ》ばす。

一気に花が咲いたような笑顔だった。

「お前、やっぱり綺麗だな」

ぽつりと島木はいってから、

「女は笑った顔がいちばんいいな。それも、心からの笑顔。木綿子さんはそんな笑顔を見せたことがないからな。愛想は決して悪くないんだが、本当の笑顔は見たことがないような気がするな」

冬子の横顔から視線を宙に向けていった。

「えっ……その木綿子さんて誰のこと。島木君の新しい浮気相手？　初めて聞く名前のようだけど」

冬子の視線が行介に移った。

心配そうな表情が白い顔に浮んでいる。

「木綿子さんていうのはだな――」

と島木は伊呂波の話をかいつまんでするが、今夜行介と一緒に行くことは口にしなかった。

「代が変ったんだ、あのお店。そういえば文江ばあちゃん、リウマチがひどくなったってよくこぼしていたけど」

冬子は独り言のようにいい、

「それでその、木綿子さんの登場になったんだ。その結果店は大繁盛……だけど、あのおとなしい山下さんが通いつめてるなんて、ちょっと信じられないけどね」

「男なんてみんなそんなもんさ。他愛のない可愛い生き物さ」

もっともらしい口調でいう島木に、

「特に島木君はね」

冬子は目の前の熱いコーヒーを手に取りながら低い声でいう。

「おいしい」

ゆっくりとコーヒーをひとくちすすって満足そうな声をあげてから、

「特等席っていい言葉だね」

羨《うらや》ましそうにいった。


その夜、行介は島木と二人、伊呂波の暖簾《のれん》をくぐった。店はほとんど満席で、唯一残っているのは入ってすぐの席だけ。島木のいう、最悪の席である。

「いらっしゃい、島木さん」

すぐにカウンターのなかから声がかかり、女が島木の前にやってきた。

「ごめんなさいね、こんな席しか空いてなくて。本当にごめん」

手を合せるような格好をして、かすかに笑った。

これが木綿子だ。

確かに美人だった。島木の言葉に嘘《うそ》はなかった。目鼻立ちがはっきりしていて、唇はやや厚め。頰の線がなめらかで、それが鋭角的な顎《あご》にふわりとつづいている。

いわゆる正統派の美人顔なのだが、そのためにほんの少し表情に冷たさが感じられないこともない。それを目立たなくさせているのがなめらかな頬の線で、これが木綿子の顔にやわらかさを与えていた。

「そちらの方は？」

木綿子の視線が島木から行介に移る。

「こいつは宗田《そうだ》行介といって、町内で珈琲屋というちっぽけな喫茶店をやっている俺の幼馴染。見た通りの頑丈さだけが取柄《とりえ》のがさつな男で、高校のときは柔道選手としてインターハイまでいっている。これからも顔を見せるかもしれんが、よろしく頼むよ」

いいたいことをいう島木の言葉を聞きながら、

「まあ、珈琲屋の」

木綿子はかすれた声をあげて、そのまま行介を凝視している。切れ長で大きな目に、驚きと同時に暗い翳《かげ》のようなものが走ったような気がした。

「よろしく」

軽く頭を下げながら、この女性は自分の過去を知っていると行介は直感した。あの、人を殺したという忌《いまわ》しい過去だ。といっても町内のほとんどの者が知っていることなので、木綿子が知っていたとしても別段おかしくはなかった。

「木綿子です。こちらこそ、今後ともよろしくお願い致します」

ていねいに頭を下げた。

訳ありの女。

そんな言葉が行介の脳裏に浮びあがった。

「おいおい何だよ。何だか怪しい雰囲気だな、ええっ、女将《おかみ》」

やるせない声を島木はあげてから、

「こいつは駄目だよ。幼馴染の冬子っていう美人と相思相愛の仲なんだから――もっとも二人ともかなりの訳ありというのも事実だけど」

釘を刺すようにいう。

「あら、訳ありの二人なんですか。でもいいですね。どんな訳ありであっても、相思相愛っていうのは」

本当に羨ましそうにいった。

「だから、女将には俺がいるじゃないか、この島木が」

真面目腐った顔でいう島木に、

「あっ、そうでした。あんまり身近すぎてすっかり忘れていました。ところで何にしましょうか」

島木がビールと、おでんを適当に注文した。

「すぐに持ってきます」

といって木綿子はその場を離れた。少しして皿に盛りつけたおでんとビールを行介と島木の前に置くと、コップに酌をしてからカウンターの真中に戻っていった。

「これで、何か注文しなければここにはもう寄ってこないというんだから、まったく最悪の席もいいところだ」

コップのビールを半分ほど空け、愚痴るように島木はいい、

「しかし、いい女だろう」

得意満面の表情を行介に向けた。

「確かに美人だな。お前の言葉に嘘はなかった」

いいながら行介は木綿子に目をやる。

ベージュのブラウスに水色のカーディガンをはおり、真白なエプロンをつけている。何ということのない地味な服装だったが、不思議にそれがよく似合った。

「美人っていうのは得だな。何を着てもよく似合う。それに――」

島木は行介の視線をたどりながら、

「どうして美人がエプロンをすると、引き締まったかんじになるんだろうな。俺はあのエプロン姿を見ると、頭のなかに〝きりっ〟という音が響いてくるような気さえしてくる」

溜息まじりでいった。

「だがな、行さん。問題は木綿子さんの立っている、その奥だ。ほら、今夜も山下の野郎がきてるだろう。まったくあいつは」

吐きすてるようにいう島木の視線の先に、カウンターにビールを一本だけ置いた小柄な男が座っていた。

「ビール一本とおでん一皿で看板までねばるんだから、これはもう何といったらいいのか。それに」

と島木がつづけようとしたとき、木綿子が山下に何か話しかけるのが見えた。小さくうなずく山下に、島木の顔が渋面に変る。

「ほら、あれだよ」

という島木の言葉が終らないうちに、山下の前に飯の盛られた茶碗が置かれた。

「つまり、山下にとってここは夕食代りの店ということになっているんだが、大の大人が、おでん屋で飯など食うなと俺はいいたい。甘えるにもほどがある」

「しかし、独り身で食事をつくるのが大変なことは俺も身にしみてわかってるから、そのところは」

なだめる行介に、

「いや、気持はわかるんだけど、なかなか感情のほうがな」

島木は憮然とした表情で答える。

カウンターの奥を見ながらそんな話をしていると、ふいに山下と目があった。ほんの少し頬を緩め、頭を下げてきた。行介も急いで目礼を返す。

「おいおい、行さんよ。お互いに挨拶しあってどうするんだよ。ここは怖い顔をして、びしっと睨んでくれないと」

呆《あき》れた声を島木は出した。

「そんな子供じみたまねは、できるはずがないだろ。それこそ、大の大人が」

行介も負けじといい返す。

「それはまあそうだが。じゃあ、とにかく今夜は二人で看板まで徹底的に頑張ろうじゃないか。山下に対抗して」

いうなり島木はコップの中身を一気に空けて、急いでビールを注ぎたした。それを数度やってから、

「おおい、女将、ビールのお代り」

と店内に響く声をあげる。

「呼べばくるけど、呼ばなきゃこねえからな。お前もとにかくどんどん飲んで、どんどん食べてだな――」

耳打ちするようにいった。

伊呂波の閉店時間である十一時に近づいていた。

島木は相当できあがっているようで、顔が真赤に染まっている。むきになったように
ビールを飲んで、「女将、お代り」と叫びつづけていたのだから、無理もない。

木綿子が行介たちの席にきたのは閉店の十分ほど前のことだった。

「今日はきていただいて、本当にありがとうございました」

二人に向かってていねいに頭を下げるが、島木はカウンターに突っ伏してつぶれてい
た。

「いや、俺はこいつに引っ張られてきただけですから。しかし、おでんは正真正銘うま
かった。ごちそうさまでした」

行介は軽く頭を下げてから、

「どうもすみません。こいつ、つぶれてしまって。相当飲んでいましたから」

弁解するようにいった。

「沢山飲んでもらえればこの店も助かりますから、そんなことは――それより」

木綿子が真直ぐ行介の顔を見ていた。

目にやはり翳があったが、顔は輝くほど美しかった。思わず行介は生唾を飲みこんだ。

そんな様子を見たのか、木綿子がふわっと笑った。

「行介さんのお店のコーヒーはとてもおいしいって、評判なんですってね」

木綿子は苗字ではなく、行介と名前で呼んだ。

「それはまあ」

言葉をにごす行介に、

「今度、私も伺《うかが》っていいかしら」

木綿子は小首を傾《かし》げていった。可愛い仕草だった。

「もちろん、大歓迎です。さっきの話じゃないですけど、一人でもお客さんが増えれば、うちも助かりますから」

「それはそうですね。どこも不景気ですから、助かりますよね」

木綿子はちょっと声をかすれさせてから、

「じゃあ、本当に行かせてもらいますから、そのときはよろしくお願いします」

しっかりした口調でいった。

「いつでもどうぞ。お待ちしてます」

柄にもなく微笑を浮べると、

「嬉しい。本当に待っててくださいね。本当はここで指切りでもしたい気持ですけど、人の目があるからやめておきます」

はしゃいだような素振りで本当という言葉を繰り返し、軽く頭を下げて木綿子はその場を離れた。

が、行介には木綿子の真意がつかめなかった。たかだか店にコーヒーを飲みにくるのに、あれほど念を押す必要はない。それにあの、大げさな素振りである。これも何のためなのか、さっぱりわからない。

気がつくと、奥から山下が行介を見ていた。硬い表情だった。目礼を送ると一瞬、驚いたような顔をしてから慌《あわ》てて頭を下げてきた。

行介が伊呂波を訪れてから三日後、思いもよらない客が店にやってきた。

山下である。テーブル席が空いていたが、山下は真直ぐカウンターの前にきて小柄な体を丸椅子にすべりこませた。

「こんにちは」

と小さな声でいってから、

「ブレンド、お願いします」

つけたすようにいった。

アルコールランプに火をつける行介に、

「先日は珍しい場所で、会いましたね」

と、山下はおずおずといった。

「ええ、まったく。といっても俺は連れに引っぱっていかれただけですけど」

「やっぱり女の人は、弱そうな男より頑丈な男が好きなようですね」

山下は低い声でいってから、唇をぎゅっと引き結んで黙りこんだ。

行介が淹れたての熱いコーヒーをカウンターにすべらせるように置くと、

「ありがとうございます。いただきます」

ていねいな言葉を返して、山下はゆっくりとカップを口に運び、ほんの少しすすった。

「熱いけど、おいしいですね」

視線をカウンターに落していい、カップをそっと皿に戻した。そして、

「宗田さんは――」

押し殺したような声を出し、

「人を殺したことが、あるんですね」

唐突にいった。

「それが人を殺した手なんですね」

節くれ立った行介の右手を凝視して、さらにいった。

「確か相手は、ヤクザ崩れの地上げ屋だと聞いてますけど」

山下の言葉に行介は無言で応えるが、いわれたことはすべて本当である。

バブル景気が終る直前だった。

この商店街一帯も地上げの対象になり、物騒な連中が連日のようにやってきて商店の

一軒一軒に脅しをかけてまわった。

脅しのうちはまだよかったが、そのうちに悲惨な事件がおきた。地上げの反対運動の会長をやっていた自転車屋の娘が、何者かに暴行された。相手は複数だった。娘はそれを苦に、一カ月ほどあとに家の梁に洗濯物を干すロープをかけ、首を吊《つ》って死んだ。

智子《ともこ》という名のその娘は、まだ高校二年生だった。

そんなとき、珈琲屋を地上げ屋の一人である青野《あおの》という男が訪れた。話の口ぶりから、その男が暴行の主犯格だというのが知れ、行介の憤りは頂点に達した。柔道で鍛えた頑丈な手は青野の髪をつかみ、店を支える八寸角の柱に頭を何度も打ちつけた。

青野は死に、行介は懲役八年の実刑判決を受け、岐阜刑務所に送られた。その間に、恋人だった冬子は親のすすめで見合い結婚をして商店街を去っていた。

懲役を終えて帰ってきた行介を出迎えてくれたのは、病に臥《ふ》せった父親の芳治《よしじ》と古びた珈琲屋の店、それに親友だった島木と、いつのまにか婚家から出戻った冬子だった。

行介は古びた珈琲屋を引きついで一人で店を始めるが、その半月後、芳治は心臓病が悪化して死んだ。

それが二年ほど前のことだった。

「人を殺すって、どんな気持ですか」

山下が真直ぐ行介を見ていた。

からかっているような表情はなかった。

「人を殺すということは……」

山下の真摯《しんし》な表情に、行介はざらついた声を出した。

心臓の鼓動が速くなった。

「獣になるということです。人にはもう戻れないということです」

山下の顔を睨みつけながら、一気にいった。

「人にはもう戻れない」

山下は独り言のように呟き、

「答えづらいことをお訊きしまして、すみませんでした」

ふいに泣き出しそうな顔をしていい、行介に向かって勢いよく頭を下げた。

顔をあげた山下はそっとコーヒーカップをつかんで口に運んだ。音を立てて飲んだ。

「おいしいですね、本当に。とても殺人を犯した人が淹れたコーヒーとは思えませんね。本当に、おいしいです」

今度ははしゃいだような口調でいって、薄く笑った。

「あの野郎、ここにやってきて、お前の手を眺めてそんなことをいったのか。世の中、いっていいことと、悪いことがあるんじゃねえか。ええっ、行さんよ」

山下が珈琲屋に姿を見せた次の日。

行介からその話を聞いて息まいているのは島木である。

「俺にそんなことをいわれてもなあ。いったのは山下さんのほうで、俺じゃないからな。息まく相手が違うだろう」

やんわりとたしなめる行介に、

「ここには俺とお前しかいねえから、文句はお前にいうより仕方がねえだろう」

仏頂面で島木は答え、カップのなかにわずかに残っている冷たいコーヒーを一気に飲みほした。

「で、他には何の話をしていったんだ」

カップを皿に戻した島木が、カウンターのなかの行介を見た。

「愚痴《ぐち》話がつづいた」

ぽつりという行介に、

「愚痴話って、三年前に山下生花店がつぶれたころの話か」

島木は呆気にとられたような表情を向けた。

「そのときの、奥さんの対応が山下さんにはこたえたらしい」

「奥さんというと、康子《やすこ》さんか。おとなしくて愛想のいい人だったように、俺は記憶しているが」

「その、おとなしくて愛想のいい奥さんが、がらっと変ったらしい」

山下の話によると、そのとき康子はこんなことをいったらしい。

「店がつぶれたのは、すべてあなたの責任だと私は思っています。いくら私が頑張っても店主であるあなたが、あんなやる気のない商売をしていればいつかは……それに、どうして私に内緒で高利のお金なんか借りたんですか。自分勝手にもほどがあります」

そして、

「それはお前……何といったらいいのか、お前に心配かけたくなかったから。これは俺の本当の気持だ。だから、内緒で」

しどろもどろにいう山下を、

「そんなあなたの人の好《よ》さや優しさにひかれて一緒になった私も悪いけど、優しさにも限度があるでしょ。そんなものは優しさでも何でもなく、ただの臆病っていうのよ！」

怒鳴りつけたという。

「臆病っていわれても、俺は元々そういう人間なんだから、今さら……」

泣き出しそうな声を山下はあげた。

「とにかく」

康子は声をさらに荒げた。

「これからどうするのか、はっきり答えてください。死ぬ気になって、行商でもする覚悟でもう一度花屋で出直すのか、それとも他の道を考えるのか」

そういわれても山下は答える術を持ちあわせていなかった。どうしたらいいのか見当もつかなかった。

何より、山下は康子に慰めてほしかった。店持ちの花屋で失敗した自分が、行商などできるはずがないと思った。優しい言葉をかけてほしかった。癒しがほしかった。こんなときだからこそ、一緒になって泣いてほしかった。今後のことを考えるのは、それからでも充分だと思った。

「そんなことは一段落してからでいいじゃないか。今はしばらく、とにかく親子三人でじっと耐えていけば。いちばんショックを受けてるのは何といっても俺なんだし」

本音だった。

康子の顔色が変るのがわかった。

「何を悠長なことをいってるんですか。こんなときに頑張らなくて、どうするんですか。少しはやる気というものを、私たちに見せてください。子供のようなことをいうのは、いいかげんにしてください」

康子は両手で目の前の畳を殴りつけた。

いつまでも殴りつづけた。

小学六年になる一人息子の草太《そうた》が、二人の様子を目に涙をいっぱいためて見つめていた。

「そんなことを、あいつは喋《しゃべ》ったのか」

話を聞き終えた島木は、呆れたような声を出して吐息をもらした。

「どこからどう見ても、奥さんに対して山下さんが愚痴るような話ではないんだが」

ぼそっという行介に、

「当たり前だ。そんなとき女なら、誰でもそれぐらいのことはいうだろ。それを慰めてほしかったなどとは、本末転倒もはなはだしい。男の風上にもおけんやつだ」

島木は本気で怒っているようだ。

「俺はあっちへ行ってて、そういうことはまったく知らなかったから――だから向こうも話す気になったんじゃないか」

低い声を行介が出した。

「そうか。そのころお前は、まだ刑務所にいたんだったな」

島木はかすれ声でいい、

「何にしてもあいつは軟弱すぎる。小さいころに父親が死んで、お袋さんの手で甘やかされて育てられてきたからそうなったんだろうけど――男はみんなマザコンだとよくいわれるが、あいつは正にマザコンの代表のようなもんだな」

ばっさりと斬りすてた。

「兄弟はいなかったのか」

「姉さんが一人いたが、あいつが中学生ぐらいのときに嫁に行ったんじゃなかったかな。お袋さんも、十年近く前に死んでいなくなってるし」

「そうなると、奥さんはお袋さん代りということにもなるのか」

「そういう面も確かに強かったんじゃないのか。何しろ、マザコンの代表だからな」

自分に言いきかせるような口調で島木はいい、

「それで奥さんは愛想をつかして出ていったのか。まあ、仕方ないだろうな」

「そのいい争いがあってから一週間もたっていなかったと山下さんはいってたな。そのあとに実家の千葉のほうから離婚届が郵送されてきたそうだ」

「それでめでたく離婚か——女は強いな。腹を括《くく》るとやることが早い」

「それが少し違うようなんだ。まだ、正式には離婚してないということらしい」

「離婚していないって、それは！」

素頓狂な声を島木は出した。

「送られてきた離婚届は署名をしないまま、まだ山下さんの手許《てもと》にあるらしい。なかなか、踏ん切りがつかないらしくてな」

「踏ん切りがつかないって——この期におよんでも、その体たらくなのか。男らしくないにもほどがあるだろう。それでは店もつぶれるし、女房にも逃げられるはずだ。自業自得というもんだな。あいつが愚痴ることなど、ひとつもない」

島木はとにかく山下には手厳しい。

「いや、本当の愚痴はこれからだ——とにかく山下さんは、今の境遇に対して淋しいという言葉を連発してたな」

そのとき山下はこんなことを話した。

「夜遅く家に帰ったときなんか、真暗な玄関先で立ちつくして、思わず涙をこぼしたこともあります。淋しさが体中をがんじがらめにして、家のなかに怖くて入れないんですよ。真暗な闇に飲みこまれて、消えてしまうんじゃないかというような気がして。大の大人が玄関先で震えてるんですから情けなくなります。でも、理屈抜きで本当に淋しいんです。淋しすぎるんです。駄目な人間です、私は」

こんな話を延々とする山下の目は潤んでいた。肩が小刻みに震えて、唇を強く嚙《か》みしめているようだった。

「そりゃあまあ、気持はわかるけどな」

さすがに島木もしんみりとした口調でいい、

「五十近くにもなって、家族もなけりゃあ、財産もない。将来を見たって明るいことなどひとつもない。待っているのは孤独死ぐらい。確かあの家も借金のかたに取られ、お情けでおいてもらっているはずだ。誰か買手がつくまで空き家にしておくよりは、住んでもらったほうが家が傷まないからという理由で。まあ、こんな不景気に、あんな中古物件なんか買う物好きはいないだろうけどな」

大きな溜息をひとつもらした。

「どうした。お前の場合、浮気がばれて奥さんに愛想をつかされ、逆に追い出される想像でもしたか」

行介は笑いながら悪態をつく。

「莫迦いえ、そんなことがあるはずないだろうが」

島木は沈んだ声を出してから、

「お前のことだ。それであの野郎を慰めてやったのか」

面白くもなさそうにいった。

「慰めるというか、例のことを話してやったよ」

「例のことって何だ？」

「特等席のことだ。あの場所に山下さんが座っているのを見て、羨ましがっている人間がけっこういるってな」

「そうしたら野郎、何て答えやがったんだ」

「嬉しそうな顔をしてたな。そして――」

そのとき山下は、

「特等席ですか。そうですか、特等席ですか。考えようによっては、そうもいえますね。

何か理由でもあるのか、木綿子さんは弱い者に対しては信じられないほど親切ですから……もちろん私のことなど単に憐れんでくれてるだけで、何とも思ってないことは充分にわかってますけど……不遇な私に対する神様のたったひとつの贈り物なのかもしれませんね。あの特等席は」

そういって、今まで見せたことのないような笑顔を浮べた。

「あの野郎、ぬけぬけとそんなことを。何が不遇だ。みんな自分が蒔《ま》いた種じゃねえか。まったく自分勝手で軟弱な野郎だ」

よほど腹が立ったのか、島木は空になったままのカップを口に持っていき、それに気づくと、いまいましそうに音を立てて皿に戻した。

「だがな、行さん。山下は、よくそれだけいろんなことをお前さんに話す気になったもんだな。そこんところが、俺にはよくわからねえんだが」

腕をくんで考えこむ島木に、

「それなんだが――」

行介には気がかりなことがあった。

「俺の手の話といい、それに関わる質問といい、すべてはそこに結びつくんじゃないかと危惧《きぐ》をしている」

「危惧って何だ。いったい何が心配だっていうんだ」

島木はそういってから、突然、あっと叫び声をあげた。

「ひょっとして、お前」

島木はごくりと唾を飲みこんだ。

「木綿子さんを道連れにした、無理心中」

島木の言葉に行介はわずかにうなずく。

「俺の結論も同じだ。どう考えても、それしか思い浮ばん。そう考えれば、この店にわざわざやってきたのも納得がいく。何といっても俺は……」

行介は語尾をにごした。

「じゃあ、どうする。警察に保護を頼むか。いや、そんな臆測だけでは警察は動かんか。弱ったなこれは」

島木は独り言のようにいってから、

「いっそ、木綿子さんに、ご注進といくか。山下には気をつけろって」

叫ぶようにいった。

「しかし、それは。もし間違っていたら、とんでもないことになる。まだ完全にそうだときまった訳ではないし、すべては臆測の域を出てはいない」

行介も腕をくみ、

「お前しかいないな」

はっきりした口調でいった。

「どうせ毎晩のように行ってるんだろうから。しばらくはとにかく看板までいて、山下さんの動向に気をつけろ。あとは時間の許す限り、あの店の周りを歩いて気を配れ。どうせ店は奥さんまかせなんだから」

行介の皮肉っぽいいい方に怒りもせず、島木は何度もうなずいた。

「そうか。俺が守るしかないか。そういうことだな」

宙を見据えて呟くようにいった。


島木はその夜から毎晩伊呂波に出向き、山下が腰をあげるまでは席を立たなかったが、変った動きは特にないということだった。

木綿子が珈琲屋にやってきたのは、山下がきてから五日目の午後だった。

木綿子は真直ぐカウンターの前に歩いてきた。

「きてしまいました」

かすかに笑って頭を下げた。

「いらっしゃい……どうぞ」

いつもの仏頂面で答えて、目顔で座るようにうながした。

一度はくるだろうと思っていた。

が、これほど早くとは考えていなかった。行介はとまどっていた。木綿子が自分に関心を示す理由がわからなかった。強いていえば自分の過去。しかし、もしそうだとしても、その理由がまたわからなかった。

「いいお店ですね」

ブレンドを注文してから、木綿子は丸椅子に腰をおろしたまま店内を見回していった。

「古いだけです」

ぶっきらぼうにいうと、

「それも立派な財産です。年月というのは貴重なものですから。私は古い物が大好きです」

こんなことをいって木綿子はまた、笑顔を浮べた。

「ありがとうございます」

話上手とはいえない行介は、そのまま口をつぐんで、コーヒーを淹れることに専念した。他に客は一人もいなかった。押し殺したような空気が周囲を満たした。木綿子の視線が右手に注がれているのに気がついたが知らぬふりをした。

「熱いですから――」

コーヒーが入り、行介は木綿子の前に湯気の出ているカップをそっと置いた。

「ほんと、熱そう」

はしゃいだような声を木綿子はあげ、慎重にコーヒーカップを手に取って口に近づけた。唇を尖らして、ふうふうと何度も吹いた。子供のような仕草だった。

可愛いな——。

こんな言葉が行介の胸に湧いた。

「おいしい！」

ひとくちすすって、木綿子は嬉しそうな声をあげた。

「ありがとうございます」

行介の顔が自然に綻んだ。

どことなく嬉しい気分になった。

「行介さんは、結婚はしないんですか」

唐突に木綿子が難しい質問を口にした。

「結婚……」

行介はぽつんといってから、

「俺のような男が結婚なんて」

低い声で答えた。

「幼馴染の冬子さんという人と、いい仲だと島木さんはいってましたけど」

ちゃんと覚えていた。

「気が合うだけで、いい仲などでは」

ぼそっといい、

「木綿子さんは結婚のほうは」

逆に質問を返した。そのほうが余計な詮索《せんさく》をされないような気がした。

「一度しましたけど、失敗しました。それからはもう……」

あとの言葉を木綿子はにごした。

にごした代りに小さく鼻をすすった。

これも可愛い仕草に見えた。

それっきり行介と木綿子は黙りこんだ。

お互いに触れてはいけない部分に触れてしまったような、ぎこちない空気が店内に流れていた。木綿子は黙ってコーヒーをすすり、行介はその前に立ちつくした。

そのとき扉の鈴が鳴って、誰かが店に入ってきた。真直ぐカウンターに向かって進んでくる。冬子だ。

「こんにちは、行ちゃん」

冬子は妙に明るい声でいい、ごめんなさいと断って木綿子の隣に座った。

「いつもの、ブレンド」

冬子の注文が終わらぬうちに、行介はアルコールランプに火をつけていた。

「ひょっとして」

木綿子は冬子の顔に視線を走らせ、

「あなたが、冬子さん？」

顔中を笑いにしていった。

「はい、冬子です。でも、どうして私の名前を」

訝《いぶか》しげな表情を浮べる冬子に、

「島木さんが、ここのマスターといい仲だって先日いってましたから。それで――」

いいながら木綿子はさらに顔を綻ばせる。

「島木君がそんなことを――ということは、あなたが木綿子さんですか」

「はい。伊呂波の木綿子です。よろしくお願いします」

座ったままだったが、木綿子はていねいに頭を下げ、冬子もそれに倣《なら》っててていねいに頭を下げる。

「噂通り、お綺麗ですね」

冬子の顔を凝視するように見て木綿子がいった。冬子もその顔をじっと見返して口を開いた。

「ありがとうございます」

木綿子さんも綺麗ですねという言葉を返すかと思ったが、冬子はそれ以上口にしなかった。

それから二人は顔を見合せて他愛のない話を始めた。

ファッションのことや、話題のニュース、町内のことなど、旧知の間柄のように二人は屈託のない会話を交した。そんな様子を行介は驚いた思いで見ていた。行介には、とてもまねのできない芸当だった。

木綿子は一時間近くいて、店の支度があるのでといって帰っていった。

「木綿子さんて、よくここにくるの」

何でもないことのように冬子がいった。

「今日が初めてだな」

行介も何でもないことのように答えて、小さな吐息をもらす。

「冬子、コーヒーのお代りはどうだ。むろん、俺のサービスだけど」

空になったコーヒーカップを覗いて、行介はできる限りやわらかな声を出す。

「いらない」

冬子は一言で断ってから、

「綺麗な人ね」

抑揚のない声でいって、両手の指をカウンターの上でくんだ。

「年も私たちより、ちょっと若そうだし」

「……」

「あの人、行ちゃんのこと好きみたい」

ぶっきらぼうにいった。

「それは違う」

すぐに行介の口から否定の言葉が出た。

「違うって、何が？」

冬子の切れ長の目が真直ぐ行介を見ていた。

「関心があるのは確かだと思うが、好きとか嫌いとかという問題ではないと思う」

「どういうことなの、それって」

冬子が身を乗り出した。

「あの人の関心があるのは俺自身じゃなくて、俺の手……そんな気がする」

「行ちゃんの手って」

冬子は呟くようにいってから、あっと悲鳴に近い声をあげた。

「でも、それって、どういうことなんだろうね。なんでだろうね」

とまどいの表情を顔いっぱいに浮べた。

「俺にも理由はわからない。何といっても、わからないことだらけの人だから」

行介はわずかに首を左右に振る。

「ふうん、そうなんだ」

冬子は子供のような声をあげ、

「やっぱり、コーヒー、もらおっかな」

行介の顔から視線を外していった。


今夜も店は満席の状態だ。

行介と島木はカウンターの端っこに並んで腰をおろしている。

特等席には、やはり山下が――。

店に入ったときは互いに目礼を交したものの、それ以上のやりとりはなかった。が、どう見ても山下の様子は変だった。

いつもならおとなしく座っているだけなのだが、今夜は時折ではあったけれど体が小刻みに震えていた。顔も青ざめていて、唇が乾くのか、しきりに舌で舐《な》めているのが目についた。

「なっ、おかしいだろ」

耳許《みみもと》でささやくようにいう島木に、

「確かにな」

と行介は短く答える。

「このまま、ここでやらかすのか、あるいは看板のあとにやらかすのかわからんが――いずれにしても、そのときはお前の出番だから、何とかひとつな」

念を押すように島木はいう。

島木から電話があったのは、今日の昼頃だった。

「昨夜《ゆうべ》の山下の様子がどうにも気になってな。落ちつかないというか、焦っているというか。そんな様子がありありと見えて、電話したんだけどな」

こんな連絡を受けた行介は、島木と珈琲屋で待合せをして、揃《そろ》って伊呂波にやってきたのである。

「いらっしゃい、行介さん、島木さん」

木綿子が笑顔を向けるが、島木は面白くなさそうな顔をしている。どうやら、自分の名前があとに呼ばれたことが気にいらないらしい。

適当におでんとビールを頼むと、

「この間はごちそうさまでした。噂通り、冬子さんてとても綺麗――」

木綿子はそういって、店の奥へと離れていった。

「おい、木綿子さんが珈琲屋にきたのか、そこで冬ちゃんとかちあったのか」

小さいが強い口調でいう島木に、

「この間一度だけな。ちょうどそこに冬子がやってきたんだ」

前を向いたまま行介は答える。

「で、かちあってどうかなったのか。何かおきたのか」

「何もおきる訳がないだろ——そんなことより今夜は大事な役目があるだろうが」

行介は島木の相手を打ち切り、何気なさを装って山下のほうを見る。うつむいていた。何かを考えこむように体を小さく丸めて。

行介と島木はおでんをつつきながら、山下の動きを注視した。

時計が十時半を過ぎようとしていた。閉店時間の三十分前だ。

「いくら何でも、こんなに人のいるところでは事はおこさねえかもしれんな。決行するとしたら夜中——そうなると、今夜は夜通し張り番ということになるなあ」

ビールを飲んでいう島木に、

「いや、やるならここだと俺は思う」

行介は呟くように口にした。

根拠はなかった。なかったが、もし山下が木綿子との無理心中を実行するなら、ここしかないと思った。あの特等席でしか……。

山下の右手が上衣の胸元に入るのがわかった。行介の胸がざわっと騒いだ。懐のなかで握りこんでいるのは。

「おいっ」

隣の島木が上ずった声をあげた。

「わかってる」

と行介は短く答え、急いで考えを巡らせる。できるなら大事《おおごと》にはしたくない。双方が傷つかないように穏便にすませたかった。

幸い木綿子はまだカウンターの中央にいる。山下に近づいたときが危なかった。懐にあるのが出刃包丁の類《たぐい》なら、一気にそれを突き出せば――考えを巡らす行介の目に、山下の隣に座っていた客が一人、腰をあげるのが映った。

立ちあがって出入口脇のレジのところに歩いていった。行介はすかさず立ちあがって、その空いた席に体をすべりこませた。

「あら、行介さん。席を替えたんですか。飲物とおでん、そちらに移しましょうか」

木綿子が近づいてきた。

「いや、このままでいいですから」

行介は右手で木綿子の動きを制するようにいうが、

「山下さん、お茶でも淹れましょうか」

屈託のない笑顔を浮べて、木綿子はそのまま近づいてくる。隣の山下の体に緊張感が走るのがはっきりわかった。

行介は右手をそっと山下の背中にあてた。

ゆっくりと背中をさすった。

いたわるように手を動かした。

山下の体がぴくりと動いた。

全身から力が抜けていくのが右手に伝わった。行介は小さく吐息をついた。山下の背中を軽く叩いた。

「あっ、お茶はけっこうですから」

咽《のど》に引っかかったような声を山下はあげた。

「そうですか。ほしいときはいつでもいってくださいね」

笑顔を残して木綿子はカウンターの中央に戻っていった。

「あまり、同じ場所に居つづけると心も曇ってきます。流れない水が濁るように――」

行介は、山下の耳許でささやくようにいった。

「はいっ……すみません」

山下が素直に頭を下げた。

体から力は完全に抜けていた。

「じゃあまた、店にコーヒーでも飲みにきてください」

行介はそれだけいって山下の前を離れ、元の席に戻った。

「おい、どうなってるんだ。あれでいいのか。事は収拾したのか」

小声で島木が訊いてきた。

「終った。もう何もおこらん、大丈夫だ」

行介は右手で島木の背中をどやすように叩いた。


次の日から山下は伊呂波に顔を見せなくなった。どうやらどこかに引越しをしたらしく、家にも人の住んでいる様子はないように見えた。

一週間後、行介の許に手紙が届いた。

差出人は山下だった。消印は千葉の郵便局になっていた。

カウンターのなかに立ったまま、行介は急いで手紙の封を切った。几帳面さが窺われるような小さな文字が並んでいた。


『先日はありがとうございました。

あやうく、とんでもないことをしてしまうところでした。宗田さんに背中をさすられて、正直ほっとしました。何だか憑物《つきもの》が落ちたように体が軽くなりました。

同時に私の心にこんな思いが湧きました。ここは自分の特等席ではない。何かが足りない。店を出るとき、その何かにようやく気づきました。

子供です。息子の草太です。あれから三年、中学三年生になっているはずです。私はむしょうに草太に逢いたくなりました。

今、千葉にいます。安宿でこの手紙を書いています。

明日、私の本当の特等席を求めて、妻のいる実家に行くつもりでいます。できるなら元の生活に戻りたいのです。もちろん、行商でも何でもするつもりでいます。もし、妻が許してくれるなら……。

余談ですが、私の手許にはその特等席に座るための切符があります。まだ署名していない離婚届――この切符が通用することを今は心から念じています。

どんな結果が出ようとも、落ちついたらまた珈琲屋に伺わせていただくつもりです。おいしいコーヒーを本当にありがとうございました』

行介の顔に笑みが広がった。

消印からいけば、山下は康子の実家を訪れて、もう結果は出ているはずだった。いい結果に違いないと思った。いや、思いたかった。親子三人、出直して新しい道を歩いてほしかった。

「どうしたの、行ちゃん。何だかとっても嬉しそうな顔をして――それって誰からの。ひょっとして、伊呂波の木綿子さんからの手紙なの」

カウンターに頬杖をついた冬子が、不機嫌そうにいった。

「さて、誰からだろうな」

珍しく軽口を飛ばして、自分の特等席はどこなのだろうと行介はふと思った。

目の前で怖い顔をした冬子が睨んでいた。

左手の夢

茂造《しげぞう》は扉の前で迷っている。

いったい自分はこの店に何の目的があってきたのか。困った問題を抱えているのは確かだが、この店を訪れてもその悩みが解決するはずもない。だが茂造はむしょうに行介の顔が見たかった。

睨《にら》みつけるように頑丈そうな木製の扉を見てから、茂造はそっと手を伸ばした。力をいれると扉の上についている小さな鈴が澄んだ音を立てた。

「いらっしゃい」

店の奥から懐かしい声が響いた。

なかを見回すとテーブル席に数人の客がいるだけで、厨房につづくカウンター席には誰もいない。茂造は軽く咳《せき》払いをしてから、真直ぐカウンター席に向かった。

丸椅子の前に立つと同時に、

「茂造さん！」

驚いたような行介の声が耳を打った。

「どうも、ごぶさたしっぱなしで。その節はいろいろ世話ばかりかけて……」

腰を折るようにして茂造は頭を下げる。

「とんでもない。お世話になったのはこちらのほうです。とにかく、まずは座ってください。立ったままでは落ちついて話もできませんから」

いわれるままに腰をおろすと、

「ブレンドで、いいですか」

行介が優しい声で訊《き》いた。

わずかに茂造がうなずくと、すぐにコーヒーサイフォンの下に置かれたアルコールランプに火がつけられた。

「で、いつ」

低い声を行介が出した。

「半年ほど前になるかな。外に出たら真先に行さんの顔を拝みにこようと思ってたんだけど、なかなか敷居が高くて」

貧相な顔を引き締めて正直にいった。

茂造は背が低く、髪もかなり薄くなっている。

「敷居が高いとは、それは?」

「出所はしたんだけど、こんな五十を過ぎた中年の親父に仕事なんか何にもねえからさ。何度も職安には足を運んだんだが、露骨に嫌な顔をされるだけでね。まあ、若い連中にもろくな仕事がねえ時代だから、前科《まえ》のある俺に仕事なんてな」

自嘲《じちよう》ぎみに茂造はいった。

「それは、何といったら」

困った表情を浮べる行介に、

「その表情を見るのが何となく情けなくて、なかなか足が向かなかったというわけさ。行さんには散々助けてもらったから、娑婆《しやば》に出たら、いのいちばんにと思ってたんだけど、こんなザマじゃなかなか……」

「そんなことは」

行介は呟《つぶや》くように口に出してから、

「熱いですから」

といって、皿に載せたコーヒーカップを茂造の前に置いた。

「ひゃあ、本当に熱そうだな行さん。だからというわけじゃねえけど、うまそうなコーヒーだな」

茂造は、少しはしゃいだ声をあげて愛想笑いを浮べた。ゆっくりとカップを手にして口許に運んだ。そろりと口をつけてすすりこんだ。熱かった。熱かったがうまかった。

「うめえなあ」

思わず言葉が飛び出した。

「それはよかった、本当によかった」

何がよいのか、よくわからない行介の言葉だったが、心のこもったものに聞こえた。他人からこんな言葉をかけられるのは、出所して初めてのような気がした。鼻の奥が熱くなり、こみあげてくるものを感じて茂造は歯を食いしばって堪《こら》えた。

「だからね、今の俺の身分はヒモ。それも中年女の。情けねえ話だよな」

精一杯明るい声でいった。

「ということは。奥さん、やっぱり待っててくれたんですね」

顔を綻《ほころ》ばせて行介がいった。

行介の笑った顔を見るのは初めてのような気がした。刑務所にいたときは、ほとんどが無表情で、喜怒哀楽を顔に出さない男だったはずだ。

「そういうことになるかな。今度のお務めは五年と長かったから、てっきり逃げちまったと思ってたんだけどよ。君代《きみよ》の野郎、昔のままの古ぼけた都営住宅に居残っていやがった」

「よかったじゃないですか。奥さんはとっくに逃げていなくなってるって、あれほどい張っていたのに。それが逆目になって、そんな幸せなことはないですよ」

女房は逃げていなくなっていると刑務所仲間に吹聴《ふいちょう》していたのは、一種の負け惜しみのようなものだ。本当にいなくなっていたときの痛みを和らげるための、方便のようなものだった。

それがいた。錆《さび》の浮いたドアを開けると古びた畳の上にちょこんと座って皺だらけの顔を茂造に向け、

「お帰りなさい、ご苦労様」

といってから、畳に突っ伏して泣き崩れた。

君代は茂造と同い年の五十五歳だった。連れそって三十年余り、苦労ばかりかけてきた記憶しか頭に浮ばない。君代との間に子供はなく、二人きりの家族だった。

君代に泣かれたときは茂造も泣いた。何度も刑務所に入り、そのたびに今度こそ君代はいなくなっていると、なかばやけくそで自分にいい聞かせてきたのだ。その君代が今度も自分を待っていてくれたのだ。

「相手が奥さんならヒモじゃないですよ。そんないい方はおかしいですよ」

耳に響くような声を、ふいに行介が出した。

「ヒモじゃなかったら、何というんだろう。教えてくれるか、行さん」

「何といったらいいのかなあ」

行介は一瞬宙を睨みつけるように見て、

「それはあれだよ、家事手伝いってやつだ。それでいいんじゃないかと思うよ、夫婦なんだから」

茂造の顔を正面から見ていった。

「家事手伝いねえ。何となく女々しいかんじがするなあ。とはいっても、ヒモよりいい言葉であることは確かだけどね」

茂造は呟いてから、

「いや、それじゃあいけねえ。俺はやっぱり君代のヒモだ。厄介者《やっかいもの》だ。家事手伝いでは、ぬるま湯に浸かっているようで自分に示しがつかねえ。ヒモだと自分を蔑《さげす》んでいれば、仕事を見つけるための後押しにもなるからさ」

きっぱりとした口調でいった。

「示しですか。そういわれればそうかもしれませんね。しかし、その気概があればきっと近いうちに仕事は見つかりますよ。できれば、その黄金の左手が生かせるような仕事が見つかればいいですね」

黄金の左手——。

左利きだった茂造の刑務所内での口癖のようなものだった。元々は時計職人だった茂造は精密機械に滅法強く、特に玄関ドアや金庫の鍵を開けるのはお手のものだった。それが災いして何度も窃盗を繰り返し、刑務所を出たり入ったりするはめになってしまった――むろん、行介が口にしたのは錠前破りのほうではなく、時計職人としての腕のよさに違いない。

「この手がなあ……」

茂造は男にしたら細い指を見つめ、小さな吐息をついてから眉間《みけん》に深い皺をよせた。

「茂造さん。何か相談事があって、ここにきたんじゃないですか」

茂造の様子に何かを感じたのか、真摯な口調で行介がいった。

「いや、そんなんじゃねえよ」

茂造は胸の内を見透かされたかと思い、慌てて左手をコーヒーカップに添えてかすれた声を出した。

「それならいいんですが、何か悩み事があるのなら遠慮なくおっしゃってください。及ばずながら、お力になるつもりです」

行介の目が茂造の目を見ていた。

「そんなもの何にもねえさ。俺はただ、ムショで世話になった行さんの顔がちょっとでもいいから見たくてきただけで、他に理由なんて何にもねえさ」

本当はあった。が、行介に相談したところで返ってくる答えはわかっていた。行介に限らず、誰に相談しても返ってくる答えは同じはずだった。

「莫迦《ばか》なことは、やめたほうがいい」

この一言にきまっている。

答えがきまっているのに相談などをしても始まらなかった。それでは相談ではなく、単なる愚痴《ぐち》になってしまう。相手に迷惑をかけるだけの話だ。

「ただ、何といったらいいのか。カミサンに迷惑ばかりかけてるのが辛いというか……あの年になるまで、何ひとついい思いをさせてやれなくてさ。そんな話がふとしたくなって、ここにきたというのはあるけどな」

なるべく明るい口調でいってみるが、これも茂造の本音だった。君代は近所の中華レストランの下働きをして、深夜までくたくたになって働いていた。給料も少なく、以前から食べていくのがやっとの状態で、茂造が一人加わった分だけ生活は苦しくなっていた。

「それは――」

と行介は一瞬言葉をつまらせてから、

「そうだ。茂造さんに頼まれてほしいことがひとつあるんです。ちょっと待っててくれますか」

早口でいって、カウンターの奥へ消えていった。

行介はなかなか戻ってこなかった。戻ってきたのは十分ほどしてからで、手に小さな箱を持っていた。

「これなんですけどね」

茂造の前に持っていた箱を差し出した。

箱根細工の小箱だった。いわゆる魔法箱といわれるもので、寄木で造られた各部分を一定の順序で押したり引いたりすると、鍵が外れて蓋が開くというものだった。

「魔法箱じゃねえですか」

「おっしゃる通り箱根細工の箱ですが、俺の力ではどうしても開かない。どうやらなかに何かが入っているようで、それがどうにも気になって。あるいは茂造さんのその左手なら、開けることができるかもしれないと思って、物置のなかを探して持ってきたんですが」

行介は一気にいって困ったような表情を浮べた。

箱を受け取った茂造が軽く振ってみると、確かになかで音がするのがわかった。重い響きではなく軽い音だった。

「これは？」

箱を手にしたまま茂造が訊くと、

「一昨年《おととし》親父が死んだあと、物置を整理していたら出てきたんですが、どうにも開かなくて困っていたんです。そこへ茂造さんがきてくれたということで……」

「ということは、死んだ親父さんの何かがなかに？」

「はっきりそうとはいえないんですよ。俺の生まれる前から家にあったしろものらしくて、誰のものが入っているのかはまったく――それに今のものとは違って手のこんだ造りになっているらしく、なかなか開けるのが難しいようで」

「昔の寄木細工か」

ぽつりと茂造はいい、

「で、これを俺に開けろと行さんはいうわけかい」

知らず知らずのうちに顔が綻んでくるのがわかった。茂造の専門は金物だが、素材が何であろうと、開けることを拒否するというカラクリは同じなのだ。

「できれば――そうすれば、胸のつかえがおります」

行介が頭を下げた。

茂造の胸がざわっと揺れた。

「そんなことで役に立てれば、お安いこった。もっとも俺はここ数年間、そういった仕事とはおさらばしてるから期待にそえるかどうかはわからねえけど」

茂造は体の内側から力が湧いてくるのを感じた。

最新の金庫やドアの鍵に較べたら、いくら昔の凝った造りといっても開けるのに何の問題もないはずだった。

「五分もくれれば、行さんの永年の胸のつかえもおりるはずだよ」

笑みを浮べて、茂造は小箱を右手で持って透かし見るように眺めた。箱の上部に左手をそっとそえた。

「やるからよ」

かけ声のように低く叫んで左右の手をゆっくり動かし始めた。

五分が過ぎた。小箱の表面はあちこちスライドして、寄木が不規則な模様を作っていたが、蓋が開く気配はなかった。

十五分が過ぎた。表面の模様の数がより不規則になっただけで、箱自体には何の変化も窺えなかった。

茂造は額に脂汗《あぶらあせ》が滲《にじ》んでくるのがわかった。こんなはずではなかった。何だかんだといっても、たかが木箱なのだ。自分の腕をもってすれば簡単に開くはずだった。それが、どうして。焦った。額からカウンターの上に汗が滴《したた》り落ちた。

三十分が過ぎた。

茂造は大きな吐息をもらした。

「茂造さん、無理はしないでいいですよ。相手は箱で、茂造さんの専門分野じゃないんですから」

行介が困ったような声を出した。御門《おかど》違いのことを頼んだという後悔の表情がありありと浮んでいる顔だ。

「まあ、何といったら」

茂造は額の汗を袖口でぬぐい、

「昔の職人の技を甘く見ていたようだ。けど、これでは俺の鍵屋としての一分が立たねえからよ――」

行介の顔を睨むように見た。

「だから、この箱を俺に貸してもらえねえだろうか。家に帰ってじっくり挑戦してみたい。もちろん、もし開いたとしても決してなかは覗《のぞ》かねえ。そのときはここに箱を持ってきて、それから行さん自身になかを確かめてもらうからよ」

「もちろん、それはいいですが。しかし、何だか妙なことを頼んでしまって、茂造さんに迷惑をかけてしまったというか、申しわけないというか」

茂造の申し出に、行介が恐縮した表情でいった。

「何が迷惑なもんか。木箱ひとつ開けられねえ俺が情けねえだけで、行さんがそんな顔をする必要はまったくないさ」

茂造はいってカウンターに目をやると、ほとんど手つかずのコーヒーが冷めたまま残っているのが目についた。礼儀として飲まなければいけないとは思ったが手が動かなかった。木箱ひとつ開けられない自分には、飲む資格がないようにも思えた。

「じゃあ、俺はこれで」

勢いよく茂造は立ちあがった。

「開けても開けられなくても、二、三日のうちには必ずまた、寄らせてもらうから」

茂造はこの木箱に賭《か》けてみようかと、ふと思った。それがいちばんいいような気がした。

もし、この箱を開けることができたら、あいつらの提案を受けいれて地獄に落ちてみるのもいい。だが、開けることができなかったら、そのときは今度の仕事はきっぱり断ろう。たとえ、あいつらにどんな仕打を受けたとしてもだ。そして、鍵屋からすっぱり足を洗うのだ。

茂造は心の奥で固く誓った。


家に帰ると九時を回っていたが、むろん君代はまだ帰っていない。

つくり置きの夕食を温める気分でもなく、茂造は開けることのできなかった箱根細工の小箱を紙袋から取り出して、破れ畳にそっと置いた。

預かってはきたものの、本当に自分に開けることができるのか。しみじみと小箱を眺めた。上部から二センチほどのところの寄木の下が、他の部分よりわずかに空間が大きいように見える。つまりここが横にスライドして開くはずなのだが、そこまでいくにはどうやらかなりの行程を経なければいけないようだ。少なくとも三十以上の……はたして、それが正確に自分にできるものなのか。

いや、やらなければならない。鍵屋の誇りとして開けなければ、自分の自信はずたずたになってしまう。だが、もし開けることができたとしたら、あいつらの——。

一週間ほど前のことだった。

どこで自分の出所を知ったのか、君代のいない夕方に昔の窃盗仲間が訪ねてきた。

一人は井上《いのうえ》という顔馴染《なじみ》の男だったが、もう一人は見たこともない男で、かなりの悪相をしていた。

「この人は矢部《やべ》さんといって、大胆な仕事をすることで業界では有名なんだ」

と井上はいった。

「あんたが、どんな頑丈な鍵でも開けられるという茂造さんかい。以後お見知りおき、よろしく頼むぜ」

矢部と呼ばれた男は、底光りのする目で茂造を値踏みするように見てから薄く笑った。

茂造の背中にぞくりと寒けが走った。

こいつは危ない。追いつめられると刃物を振り回すクチだ。それもおそらく容赦なく。

「大胆とはいったい、どんな意味なんだ」

独り言のようにいった。

「大胆ってえのは、言葉通り大胆ってことにきまってるだろ。年寄りにもわかるようにいえば、度胸があるってことだ」

薄笑いを浮べて矢部はいった。

「その大胆な矢部さんと、井上さんが俺にいってえ何の用なんだ」

「金儲けをさせてやろうと思ってよ。それも百や二百のはした金じゃねえ。もうひとつ上の位の金だ」

矢部が楽しそうにいった。

「もうひとつ上の位だって！」

茂造の咽《のど》がごくりと動いた。

「ムショから出てきたって、どうせまともな仕事なんぞ、どこにもねえだろうが。このままいけばケチなタタキで、また塀のなかに逆戻りってところにまで追いつめられてるんだろう、鍵屋の茂造さんよ」

どうやら二人は、茂造の今の状況を調べた上でここを訪れてきたものらしい。

「それならいっそ、大きなヤマを踏んで大金を手にしたほうが利口じゃねえかと思って、こうして誘いにきてやったんだ」

恩着せがましくいった。

「大きなヤマを踏めば、ワッパをかけられたときに桁違いに罪が重くなるが……」

「何を情けねえことを。要は捕まらなければいいんだろうが。さっと踏みこんで、さっと金庫を開けて、さっとずらかる。これができれば捕まりっこねえさ」

「そこで茂造さんの出番ってことになるわけさ」

あとを引き取って井上がいった。

「玄関の鍵と金庫の鍵だけは開けなくちゃならないけど、これは俺たちには無理な相談だ。だから、この仕事を無事成功させるためには、ぜひとも茂造さんのその腕が必要になるってことで、こさせてもらったんだ」

何のことはない。盗みの相談である。

「狙う家は大森にある市橋《いちはし》という資産家の邸宅でね。子供はみんな外に出ていて残っているのは七十過ぎのジイサンとバアサンだけ。問題の億単位の金のほうは、どうやら銀行が信用できなくて、家の金庫に保管しているということはすでに調べがついているんだ。その問題の金庫なんだが、居間のテレビの横にでんと置かれているのを俺はこの目で確かめている。どうも、そこのジイサンは始終見えるところに置いておかないと心配になるタチらしくてね」

「この目で確かめたって、井上さん。あんたその家に押しこんだことがあるのか」

驚いて声をあげる茂造に、

「人聞きの悪いことをいうなよ、茂造さん。例のあの方法だよ。ボールを家の窓ガラスにぶつけて割り、その後始末としてグローブを手にして掃除に行くという。そのときにしっかりとね」

井上は事もなげにいった。

「ああ、その手を使ったのか。それはいってえ、いつごろのことなんだ」

茂造は念を押すように訊いた。

「心配はいらないよ。もう半年も前のことだから、今度の件に結びつけるやつなんていないよ。つまり、それほど前から準備をしてるヤマだってことさ」

「そうか、半年前か。で、その金庫なんだが、いってえどんなしろものなんだ」

茂造の目が輝きをおびた。

「そうこなくっちゃあ、話は前に進まない。型は残念ながら、茂造さんの得意な最新式じゃなくて昔のもんだ。あれはかなり古くて、昭和四十年代と俺は見た。高さはおよそ一メートル五十で、むろん、ダイヤル式の頑丈そうなどっしりとしたやつだ」

「昭和四十年代のダイヤル式か。昔のやつは開けやすいものと開けにくいものの差が極端だからな。金にあかせて凝りに凝ったものはかなり面倒だ。安物なら大きかろうが頑丈そうだろうが、五分もかからずに開くんだが」

「だけど、開けやすいか開けにくいかは、やってみなけりゃわからないんだろ」

「そういうことだな、金庫の前に座って耳を押しあててみねえとわからねえ」

ぼそっとした調子でいうと、

「その開けにくい金庫に当たった場合、時間はどれぐれえかかるんだ、茂造さんよ」

矢部のよく光る目が茂造を見ていた。

「三十分から一時間といったところだな」

はっきりした口調で茂造は答えた。

「三十分から一時間か。まあ、何とかなるといえば何とかなるだろう。あるいは開けやすい、安物かもしれねえしな。よし、きまった。そういうことだから、よろしく頼むぜ、茂造さんよ」

嫌な笑いを矢部は浮べた。

「ちょっと待てよ、俺はまだ引き受けるなんて一度も口にしちゃあいねえぜ」

「これだけ話を聞いて、それはねえだろうが。話を聞いたからには受けるのが筋ってもんじゃねえのか。ええっ、茂造さんよ」

矢部の悪相がさらに凶暴性をおびた。

「聞いたことは親兄弟といえども喋《しゃべ》らねえ。これが本当の盗っ人の筋だと俺はおそわってきたけどよ、矢部の旦那」

「てめえ、いわせておけば」

矢部が叫び声をあげたところで、

「まあまあ。今から仲間割れをしたってしょうがないから、ここはひとつ穏便に」

井上が割って入った。

「念のために訊いておくんだが、役割分担はどうなってるんだ」

愛想笑いを浮べる井上に向かって訊くと、

「俺が見張り番で、茂造さんはいうまでもなく玄関と金庫の鍵を開ける係。矢部さんは、もしジジイたちが目を覚ましたときの処理係。簡単にいえばそういうことだな」

「目を覚ましたときの処理ってえのは、いってえどんなことをするんだ。まさか」

茂造はまともに矢部の顔を睨みつけた。

「殺《や》りはしねえから大丈夫だ。俺だってまだ、首にワッパははめられたくねえからな。ちょいと眠らせるだけだから、気にすることはねえさ」

順調に事が運べばそうだろうが、何か手違いがおきた場合、この男は躊躇《ちゅうちょ》なく人を殺すのではないか。茂造はそんな気がした。当たってほしくない勘ではあったが。

「で、返事はどうなんだ」

矢部の顔にはまた薄ら笑いが浮んでいる。

「十日後――」

放り投げるような言葉が出た。

「十日後にくれるんだな。いい返事を待ってるからよ。何たって主役は茂造さんだからよ」

「そうそう。一人当たり数千万。こたえられねえ稼ぎだからさ。そうなりゃあ茂造さんも、カミさんに楽をさせてやれるってもんだ。あんなレストランで、コマ鼠のようになって働かなくてもすむさ。ここはひとつ、今まで苦労をかけたカミさん孝行をするつもりでさ」

へらっと笑って井上はいい、二人は茂造の家から出ていった。

玄関で音がした。

君代が帰ってきたのだ。時計を見ると十一時を回っていた。

「あら、まだ夕ごはんも食べてないの」

台所に目をやったらしく、君代は呆《あき》れたような声を出してから六畳の居間に入ってきた。

「せっかくだから、一緒に食べようと思ってな」

優しい言葉をかけると、

「ふうん、そうなの?」

疑うような目つきで茂造を見てから、それでも嬉しそうな声を君代はあげた。

「じゃあ、そういうことにして、ちゃっちゃっと簡単に支度でもしようか」

という君代の視線が畳に置いてある箱根細工をとらえた。

「何だか珍しいものが置いてあるね、お父ちゃん」

ぺたりと畳に座りこんだ。

「実は今日、向こうで一緒だった行さんの店へ行ってきてな」

と茂造は事の一部始終を君代に話して聞かせた。

「へえっ、お父ちゃんでも開けられないものがあるんだ」

聞き終えた君代はこういって、しげしげと小箱を眺めた。

「昔の職人のなかには、信じられねえぐらい凝り性な人間がいたからな。まあ、そいつとの腕較べといったところだな」

こういったとたん、「昔の魔法箱に昔の金庫」という言葉が頭のなかに浮んだ。そして、この箱が開けられれば、昔の金庫も開けられる。そんな思いが体中をつつみこんだ。

「それで、ちゃんとお父ちゃんの腕で開けられるの。これは金庫じゃなくて木の箱だよ」

「開けられると思ったから借りてきたんだ。見損なうな」

不服な表情でいう茂造に、

「私は開けられないほうがいいと思ってるよ。そうすれば、お父ちゃんも自分の腕に見切りをつけて、まっとうな道を歩いていくだろうからさ」

明るすぎるほどの声で君代はいった。

「それは、おめえ――」

かすれ声をあげる茂造に、

「でも、行介さんていうのは、あっちでお父ちゃんのことをよく助けてくれた恩人のようなもんだろ。それからいうと、開けてやりたいけどね。何が入ってるか、やっぱり気になるだろうからね」

恩人――まさしく宗田行介は茂造にとって恩人のようなものだった。

貧相な顔と体つきの茂造は刑務所のなかでよく苛《いじ》めにあった。半年ほど前まで入っていた岐阜刑務所では特にそれがひどく、そんなとき茂造の前に立ちはだかってくれたのが行介だった。

苛めの原因は茂造の大言壮語にもあった。

例の口癖だ。

「俺の自慢は、黄金の左手」

そしてその前につけ加えるのが、

「ダヴィンチも宮本武蔵も左利き。茂造様も、おんなじ左利き」

こういってから、黄金の左手という言葉につづくのである。それだけ茂造は自分の腕に自信があったともいえるが、聞くほうにしたら決して愉快なものではないはずだ。そうでなくとも茂造は貧相なのである。苛めの対象としてはうってつけの存在だった。

小突かれ殴られ、這《は》いつくばらされる茂造をかばってくれたのが行介だった。柔道で鍛えあげた、筋肉質の大きな体の行介が前に立つと、大抵の者は圧倒されて引き下がった。行介は睨みつけるだけで言葉を出すことはなかったが、逆らう者は誰もいなかった。行介は殺人罪で収監されている身だった。

「あまり、自分をひけらかさないほうがいいですよ」

行介は茂造を助けたあと、必ずこの言葉を口にした。その結果、次第に自分を誇示することはなくなり、苛めはなくなっていった。

その行介から預かった小箱だった。

開けないわけにはいかなかった。しかし、この箱を開ければ自分は井上や矢部たちと一緒に……茂造の胸のうちは複雑だった。

「ひとつ、お父ちゃんに訊きたいことがあるんだけどね」

ふいに君代が質問を口にした。

「ダヴィンチも宮本武蔵も左利きだって、お父ちゃんいつもいってるけど、あれは本当のことなのかい」

「それは——」

茂造は一瞬つまってから、

「ダヴィンチは昔からそういわれてるけど、武蔵のほうは」

言葉をにごした。

「嘘《うそ》なんだ！」

嬉しそうな声をあげる君代に、

「嘘なんかじゃねえ。あれだけ自在に二刀を操るなんぞ、左利きでねえとできるわけがねえだろう。それだけ左利きは優秀だってことの証明だ」

茂造はむきになっていい返した。

胡座《あぐら》をかいた茂造の顔を、寄木細工の小箱が古畳の上から睨みつけている。

矢部と井上との約束の日が明日に迫っていたが、箱はまだ開かなかった。開く寸前までいってはいるのだが、それ以上どこをどう動かそうが箱は期待には応えてくれず、静まり返ったまま。お手あげの状態だった。

「わからねえ！」

吐きすてるように茂造はいう。

今度は睨み返すように箱を見る。

細かな寄木はあちこちスライドして、かなり不規則な模様を作っている。

「三十一回……」

嗄《しわが》れた声が口から出た。

寄木を、茂造が動かした回数である。あと一回か二回。どこかを動かせば、いくら何でも蓋は開くはずだった。それが、ぴくりともしないのだ。頭を抱えるしかなかった。

「こんなものが開けられねえようなら、とても古い金庫なんぞは——」

茂造は腕をくむが、それならそれでいいとも思った。この小箱が開かないのなら、矢部と井上が持ちこんだ仕事は御破算——自分で立てた誓いだったが、最初から乗気のしない仕事でもあった。

数千万という金額にはそそられたものの、矢部の性格が怖かった。へたをすれば強盗殺人で引っぱられることになる。半端な懲役ではすまない。しかし、自分の鍵屋としてのプライドは……。

ぼんやりと小箱を見つめる茂造の体を、このとき妙な違和感がつつみこんだ。

「ひょっとしたらこの箱の構造は、根本的な何かが違うのでは。ただ単に押したり引いたりするのではなく……」

そんな考えが頭の隅に浮んだとき、玄関のドアが開く音が聞こえた。

「ただいま、お父ちゃん」

機嫌のいい声がして、仕事から帰った君代が姿を見せた。

「お帰り」

茂造はぼそっとした声で答えるが、視線は小箱を睨みつけたままだ。

「夕ごはんは、ちゃんと食べたの」

茂造の隣に座りこんだ君代は、いたわるようにいった。

「食ってねえよ」

低い声を出す茂造に、

「ごはんも食べないで、箱と睨めっこかい。呆れたもんだっていいたいけど、それじゃあ体に毒だよ。ここんとこずっと、そんな具合だろ」

君代は心配そうな口ぶりでいった。

「しょうがねえだろ。これが俺の特技っていうか仕事なんだからよ」

「仕事ねえ。金庫を開けるのも、仕事っていうのかねえ」

辛辣《しんらつ》なことをいうが、君代のこの手の言葉は今に始まったことではないので、それほど腹も立たない。

「仕事だよ。きまってるじゃねえか」

やや言葉を荒げていうと、

「私にはそうは思えないけどね。そういうのは仕事じゃなくて犯罪っていうんじゃないのかねえ」

思いきったことを、あっけらかんとした調子で君代はいう。

「そりゃあ、おめえ」

茂造は何と答えていいかわからない。

君代は妙に理屈っぽいところがあって、口喧嘩をしても茂造が勝ったことはない。

それでも蚊の鳴くような声で再び同じ言葉を口にすると、

「仕事だよ」

「よしっ」

と威勢のいい声を君代があげた。

「外へ、ごはん食べに行こ。何か精のつくものをさ」

「精のつくものって、こんな時間にやってる鰻屋なんぞはねえだろう」

夜の十一時をすでに回っていた。

「開いてたって、そんな贅沢なもの、食べられるわけがないじゃないか」

いうなり君代は茂造の腕をつかんで引きあげた。

「表通りに出れば、ファミレスがあるから。あそこならそんなに高くないし」

背中を軽く叩いていった。

「ファミレスなんか、俺は行きたかねえよ。食欲なんかねえから、何にも食べなくたって大丈夫だよ。それにおめえ、こんなに遅くに出かけて明日の仕事は大丈夫なのか。早く寝たほうがいいんじゃねえか」

茂造は抵抗するが、

「食欲がないから行くんじゃないか。ほっといたら何にも食べないだろ」

君代は茂造の腕を引いて玄関まで連れていき、

「仕事のほうは大丈夫だよ。明日は遅番で、夕方からだから」

急き立てるように背中を叩き、目尻に皺を寄せた。


翌朝、茂造が目を覚ましたのは、十時過ぎだった。久しぶりに飲んだ酒のせいで、熟睡してしまったようだ。

「朝ごはん、どうする。お父ちゃん」

起きた気配を感じたらしく、すぐに台所のほうから君代の声がかかった。

「朝はいいよ、昼と一緒で」

短く答えて洗面所に行き、顔を洗ってからさてどうしようかと考えて、やはり奥の六畳間に茂造は入った。小箱が置いてある部屋である。

箱の前にゆっくりと座った。

そっと手に取り、不規則な模様を作っている寄木をひとつひとつ元に戻し始める。元に戻して、また新たな気持で最初からやり直すつもりだった。

寄木が元に戻ったころ、隣に君代が腰をおろした。

「やっぱり、やるの」

細い声でいった。

「ああ……やっぱりやりとげねえと、俺の気持が収まらねえ。俺の仕事だからな。だから よ……」

弁解するように茂造はいった。

「そして、もし開けることができたら、昨日いってた危ない仕事を、お父ちゃんは引き受けるつもりなの」

肩を落して君代はいった。

「そりゃあ、まあ。俺は嘘をつくのは嫌いだし、自分自身に誓ったことでもあるし。それに俺はプロの鍵屋だからな。こいつの蓋が、もし開けば金庫のほうも開けねえと、つじつまがな。それが俺の仕事なんだよ」

唇を嚙みしめて茂造はいった。

「昨日は二人で、あんなに盛りあがったのに。それでも、お父ちゃんは危ない仕事をやるの」

かすれた声の君代に、

「もし、こいつが開いたらの話だ。けど、この箱はけっこう強敵でな。開かねえ確率のほうが高いような気もする。すまんな、君代、昨夜はあんなに楽しい酒を久しぶりに二人で飲んだのに」

茂造も肩を落していった。

昨夜――。

君代が茂造を連れていったのは、都営住宅から五分ほどのところにある二十四時間営業の小さなファミリーレストランだった。なかに入ると、さすがに時間が遅いせいか混んではいなかった。二人は隅の席にそっと座り、注文は君代がした。茂造にはペッパーハンバーグ、君代自身は単品のポテトフライと鶏の唐揚げ。それに生ビールが二つだった。

「安いものにしたけど、今の私たちにはけっこう贅沢だから」

小声でいう君代に、

「なら、無理して別にこなくたってよかったじゃねえか。大体、ハンバーグなんてのは女子供の食うもんで、俺は別にそんなものはよ」

茂造は口を尖らせていった。

「お父ちゃんの出所祝いもやってないしさ、それに」

奥歯にものの挟まったようないい方を君代はした。

「それに何だよ。何か他に理由でもあるのか」

「理由はあるよ。でなけりゃあ、わざわざこんなところまでこないよ」

君代はちょっと咽につまった声で、

「私とお父ちゃんの結婚記念日。そういうことだよ」

真面目そのものの表情でいった。

「結婚記念日だって——式もしてねえ俺たちのか」

思わず大声をあげる茂造に、

「結婚式は挙げてないけど、結婚したのは確かなことだからね」

「そりゃあまあそうだが。すると、結婚届を役所に持っていったときか」

「違うよ。私たちが一緒に暮し始めた日だよ。結婚届を出したのは、それから五年もたったころじゃないか。お父ちゃんが、そんなもんどうでもいいって、いいかげんなことをいってたから」

「そうだったかな」

と茂造はいうが、むろん、そのことを忘れたわけではなかった。ただ、本当にこの女とこの先、暮しつづけていけるかどうかの気持の整理がつかなかった。狡《ずる》いようだが、本音をいえばそういうことだった。

「しかし、おめえ。よくそんな日にちを今まで覚えていたな」

空咳《からぜき》をひとつしていった。

茂造はまったく覚えていない。それが夏だったのか冬だったかも覚えていなかった。

「私だって日にちまでは、さすがにね。でも、一緒に暮し始めたのが十月だったことはちゃんと覚えているよ。あの日は抜けるような青空だったから」

目尻に皺がくっきりと寄り、君代ははしゃいだようにいった。

「抜けるような青空か。いわれてみると、そうだったような気がするな。そうだ、確かに十月だった。思い出した」

思わず相槌《あいづち》を打つが、思い出したというのは嘘だった。もう四十年近くも前のことなのだ。いくら記憶をたどっても無理だった。

「だから、今日は月命日のようなものさ。あっ、月命日は変だね、合ってるのは月のほうなんだから。強いていうなら、結婚月祝いだね。さっき急にそれを思い出してさ、だからさ」

そんな話をしているところへ、注文したビールが運ばれてきた。

「乾杯しようよ、お父ちゃん」

はっきりした口調で君代がいった。

「それはまあ、そうだな。乾杯しねえとな」

茂造は慌ててジョッキを手にし、そっと君代のジョッキに押しつけた。

「乾杯っ」

と君代は恥ずかしそうな声を出し、茂造もそれに倣《なら》って呟くように声を出した。本音をいえば、くすぐったい気分だった。

それぞれビールのお代りをし、料理がテーブルに揃《そろ》ったころ、

「ところで、あの箱根細工の箱は開きそうなのかい」

きらきら光る目をして、君代がいった。

「それがな、簡単に開くと思ってたんだが、これがなかなか難物でな。意地でも開けてえのが正直なところなんだけど。見ての通り、苦戦してることは確かだな」

正直にいった。今日は曖昧《あいまい》なことはいってはいけないと思った。

「そういえば、何だか苦戦してるようだね。お父ちゃんには珍しいことだけど、でも、きっと開くよ。お父ちゃんに開けられないものなんかないと私は思ってるよ」

励ますようなことを口にした。

「それならいいんだが。でもよ、ものは考えようでよ。あの箱を開けちまったら、ちょっとヤバいことになるかもしれねえから、ちょうどいいかもしれねえな」

と、茂造は矢部と井上に誘われた件を君代にざっと話して聞かせた。もし、あの小箱が開けられたら、その話に乗ろうときめたことも含めて。

「そんなこと――」

話を聞き終えた君代は、ふいに泣き出しそうな声を出した。

「そんなことなら、開かないほうがいいじゃないか――というより、何も開けたからといってそんな危ない話に乗る必要なんか、まったくないじゃないか」

たたみかけるようにいった。

「乗る必要はまったくねえけど、俺はこれでも男だからな。いったん誓ったことをほっかぶりするなんてことは、やっぱりできねえよ。筋だけはきちんと通してえからな」

困った表情を浮べる茂造に、

「そんな、つまらない筋なんかドブにすてても、神様は怒らないと思うよ。むしろ、拍手喝采《かっさい》だよ」

君代も困惑の面持ちでいった。

「つまらねえ筋でも、筋は筋。俺はそういう男だからよ」

「そうだね。昔からお父ちゃんは、そうだったもんね」

かすれた声でいう君代に、

「それが俺の最低のプライドのようなもんだからな。こんな吹けば飛ぶような男でも、それがなくなったら、生きてはいけねえからな。仕方がねえよな」

自分にいい聞かすように茂造はいった。

「じゃあ」

ふいに君代が叫ぶような声を出した。

「やっぱり、あの箱は開かないほうがいいよね。というより、開かなくて頭を抱えてるんだろ。それならまあ、安心だよね」

それから君代は黙りこんだ。

黙々とポテトフライを口に運んだ。

しばらくしてぽつんといった。

「ファミレスっていいね。家族のレストランだもんね。うちは子供はいないけど、お父ちゃんと私は正真正銘の家族だもんね」

目尻に深い皺が寄り、両目が潤んでいるように見えた。

それが昨夜のことだったが、やはり茂造はこの小箱を開けたかった。鍵屋としてのプライドが許さなかった。

両手で持ってしみじみと眺めた。

「それってさ」

隣の君代が咽につまった声を出した。

「難しく考えるから駄目なんじゃないの。ひょっとしたら、もっと易しく考えたほうが……難しい箱なら、お父ちゃんに開けられないはずないからさ」

「易しく考えたほうが……」

独り言のように呟きながら、昨日茂造自身もこの小箱の構造は根本的に何かが違うのではと考えたことを思い出した。

「難しい箱なら俺に開けられないはずがねえ。それなら」

茂造は叫ぶようにいい、底の部分に親指をあて、試しに引いてみた。胸がどんと鳴った。底がわずかに動いた。何だ、この箱は。親指に力をいれた。

小箱の底は徐々に動いた。

この小箱の細工は見せかけで、開けるためには単に、底をスライドさせればよかったのだ。君代がいうように、難しく考えすぎた。

「お父ちゃん！」

君代が大きな声を出した。

「おう、開いた。みごとに開いた。おめえのいう通りだった」

小箱のなかに入っていたのは、小さな守り袋がひとつ。真中が膨らんでいるのは、なかに何かが入っているのだろう。

「開けたら？」

急かすように君代がいった。

「莫迦いえ。これは行さんのだ。勝手になかを覗くなんぞ、そんなことできるわけがねえだろ」

「だって、気になるじゃないか。こんなに苦労したことでもあるしさ」

不服そうにいう君代に、

「俺は行さんと約束したんだ。何が出てきても俺の役目は開けるまで。それ以上は何もしねえって。まあ、なかに守り袋が入っているのは見ちまったけど、だからよけいにこれ以上はな。男と男の約束だからな」

一気にいった。

「それより、君代。飯の支度だ。昼飯を食ったら、俺は早速これを持って、行さんのところに出かけるからな」

「中身は見ないで出かけるの」

沈んだ声で君代はいった。中身がよほど気になるらしい。

「心配するな。行さんが俺の前でこの袋を開けたら、中身が何だったかは帰ってからちゃんと話してやるから。それで、おめえの気もすむんじゃねえか」

「それはまあ、そうだけど」

「それより、飯だ。夕方までには、あの二人がくるだろうから」

茂造は終りの言葉を吐き出すようにして、つけ加えた。


珈琲屋に行くと、そういう時間帯なのか客は一人もいなかった。

カウンターの前に腰を落すと、

「ブレンドで、いいですか」

やわらかな行介の声が耳を打ち、茂造はゆっくりとうなずきを返す。

すぐにアルコールランプに火が入り、サイフォンの下で燃えあがる。

「その様子では、箱は開いたようですね」

ほっとしたような行介の声に、

「開いたよ。しかし、難儀な箱だった。この俺の黄金の左手をみごとに騙《だま》すんだから、恐れいったよ」

茂造は小箱が開くまでの一部始終を行介に話して聞かせた。

「すると奥さんの一言で、開いたということですか」

「そういうことになるな。だから、あの箱はあいつと俺との協同作業で開いたということなんだろうなあ」

しみじみという茂造の前に、

「熱いですから」

湯気の立つコーヒーがそっと置かれた。

茂造はカップの縁に指をやり、

「いやあ、やっぱり熱そうだ。けど、熱い飲物は何となく心を幸せにしてくれるようで、いいもんだな、行さん」

わずかに笑っていった。

「幸せですか……」

ぽつんと行介は口に出し、

「それで、箱のなかには何が入っていたんですか」

何でもないことのように訊いてきた。

「小さな守り袋がひとつ。それだけだったよ。他には何もなかった」

「守り袋ですか。その袋のなかに納まっていたものはどういう」

当然のことのように訊いてきた。

「そんなことわかるわけねえよ。中身を確かめるのは、行さんの役目だからよ。だから俺は袋のなかは覗かずに、そのまま持ってきただけさ」

とたんに行介の表情に翳《かげ》りのようなものが走るのがわかり、茂造は一瞬、妙な気分に襲われた。

「とにかく、これなんだけどね」

膝の上の紙袋から小箱を取り出して、カウンターに置いた。

「蓋や周りはまったくのダミーで、下の部分をこうやってね」

と底を開けようとしたとき、扉の鈴が澄んだ音を立てて誰かが店に入ってくる気配がした。行介の表情が怪訝《けげん》なものに変った。茂造がゆっくりと振り向くと、見知った顔がこちらを見ていた。

「君代――それに、何だっておめえたちがここへ」

茂造は呆気《あっけ》にとられた声をあげた。

君代と一緒に立っているのは、矢部と井上だった。奇妙な取合せとしか、いいようがなかった。

「簡単なことだぜ、茂造さん」

そばに寄ってきた矢部が口を開いた。

「昼過ぎのことだ。俺たちが茂造さんの家を訪ねると、ちょうどあんたが紙袋を大事そうに抱えて出てくるところにぶつかった。じゃあ声でもかけようかとしていたところへ、今度は何と家から奥さんが出てきた。そして、茂造さんのあとをつけるようにして歩き出したわけだ。こんな光景に出くわせば、誰でも興味をそそられるよな。まあ、こっちもひまな身だからよけいにそんな気にな。それにひょっとしたら、茂造さんの弱みを握れるかもしれねえ。そんな気があったのも確かだ。あんたが仕事を受ける確率は低そうだったからな」

矢部が一息つくと、そばに寄ってきた井上が口を開いた。

「で、俺たちは奥さんのあとをつけることにしたんだ。奥さんは茂造さんにわからないように同じ電車に乗り、そしてこの町で降りた。茂造さんは真直ぐこの店に入っていったけど、奥さんは店の前で入ろうかどうか迷っている様子だった。そこで俺たちが声をかけて、いきさつのほうは何もかも聞いた。そういうことなんだ、茂造さん」

嬉しそうな表情を井上は浮べた。

「何もかもって、それは……」

「刑務所《あっち》で一緒だった、ここのマスターに箱を開けてくれるように頼まれ、もしその箱を開けることができたら」

矢部はぷつんと言葉を切ってから、

「俺たちの仕事を引き受けてもいいってことをな」

底光りのする目で矢部は茂造を見た。

「おめえら、君代を脅したのか。そんなやつらと一緒に仕事など」

叫ぶような声を茂造が出すと、

「人聞きの悪いことはいいっこなしだぜ、茂造さん。いくら俺たちがワルでも、大事な仲間の奥さんを脅したりなんかしないよ。俺たちは奥さんに事の次第を訊いただけで、これっぽっちも手荒なまねはしてないよ」

困ったような顔でいう井上を見ながら、それもそうだと茂造も納得する。君代を脅しても、得になるとはとても思えない。むしろその逆の展開になる確率のほうがはるかに高い。すると——。

「君代、おめえが喋らなくてもいいことまで、ぺらぺら喋ったのか」

真直ぐ君代の顔を見た。

こくんと君代がうなずいた。

「どうして」

茂造が上ずった声をあげると、君代は泣き出しそうな顔をして首を何度も横に振った。真意がわからなかった。

「大方、貧乏暮しが嫌になったんじゃねえのか。ええっ、可愛い奥さんじゃねえか、茂造さん。ここはこの奥さんのためにもよ」

ドスの利いた声を矢部は出し、

「箱の中身なんぞどうでもいいが、とにかく開いたんだ。開けば俺たちの仲間になるときめた茂造さんだ。今さら、その思いを反故《ほご》にする気はねえよな。俺たちが知らねえならともかく、知ってしまった以上はよ。ええっ、誰よりも筋目《すじめ》を大切にする茂造さんよ」

嫌な笑いを浮べながら、滑らかな口調でいった。

「仲間って、何のことですか茂造さん。まさかまた」

初めてカウンターのなかの行介が口を開いた。険しい顔つきだった。

「その、まさかだよ。あんたもあっちにいたんなら、悪党には悪党の仁義があるぐらいは知ってるだろう。だから、口を挟まんでくれ」

矢部は射貫くような目で行介を睨んだ。

「だからといって」

嗄れた声を行介が出した。

「だからも、くそもねえ。そういうことだから、仕事は一緒にやる。それでいいよな、茂造さん」

勝ち誇った顔でいう矢部に、

「一緒にやらなくていい」

突然、叫び声があがった。

君代だ。君代が矢部を鬼の形相で睨みつけていた。

「やらなくてもいいとは、どういうことだ。それじゃあ、筋目を大切にしてきた茂造さんが困るんじゃねえか。この世界で大手を振って歩けなくなるんじゃねえか」

矢部も君代を睨みつけた。

「歩けなくたっていい。どうせこの人は、そういう世界から足を洗うんだから」

思いきったことを口にした。

「いくら女だからって屁理屈は困るぜ。大体、何もかも話したのは、てめえじゃねえか。今さら何をほざきやがる。クソババアが」

「筋は違ってない。あの箱を開けたのは、この人じゃなく私なんだから。私が開け方のヒントを与えて、この人はそれを聞いて箱の底を引っぱっただけ。それはあんたたちにも、ちゃんと話したはず。だから、筋は違ってない。私があの箱を開けたんだから」

喚《わめ》くようにいう君代の言葉を聞きながら、ようやく茂造は納得した。だから、君代はこの二人に何もかも洗いざらい話したのだ。この言葉を切札として矢部と井上にぶつけるために……そういうことだったのだ。

「てめえ……」

矢部の声が震えた。

「そんなのは屁理屈だ、クソババア。ヒントか何か知らねえが、実際にその手で箱を開けたのは、そこのジジイだろうが」

怒鳴った。

「それこそ、屁理屈じゃないか」

負けずに君代も怒鳴り返した。

「早い話が筋目なんぞはどうでもいいことだ。何がどうなろうと、クソジジイが今度の仕事に加わることは最初から織り込みずみだ。たとえ力ずくでもな」

矢部の目が茂造の顔を凝視した。血走った目だった。

「おい茂造。このクソババアの命が惜しかったら、黙って俺たちに手を貸すことだ。てめえに、断るなんぞという選択肢はねえことを忘れるな。甘い顔をすりゃあ、つけあがりやがって」

矢部の右手が上衣のなかにゆっくりと入った。

「断ればいい。そんな理不尽な誘いは」

凛《りん》とした声がすぐ耳許で響いた。

いつのまにかカウンターから出てきた行介が、茂造の隣に立っていた。

「てめえ、俺たちに逆らうつもりか」

矢部の右手が懐のなかで何かを握りしめるのがわかった。

行介が矢部の正面に立った。間は五十センチほど。行介は無言で矢部の顔を真直ぐ睨みつけた。そして矢部のほうも……。

緊迫した空気が周囲をつつんだ。

どちらかが動けば事がおきる。茂造は唾を飲みこんだ。

どれほどの時間が過ぎたのか。

先に視線を外したのは矢部のほうだ。

「帰るぞ、井上」

かすれた声でいって、懐からゆっくりと手を抜いた。

「帰るって、それじゃあ仕事のほうは」

おろおろと井上がいうと、

「うるせえ。莫迦野郎を相手に喧嘩なんぞできねえだろうが」

さっと背を向け、大股で扉に向かって歩いた。慌《あわ》てて井上があとを追う。周囲の緊張感が一気に薄れた。その場に君代が、ぺたりと座りこんだ。


「ありがとうございます。本当にありがとうございます」

カウンターの向こうの行介に何度も頭を下げているのは、茂造の隣に座った君代だ。二人の前には新しく淹れられたコーヒーが湯気を立てている。

「この箱のせいで、そんな展開になっていたとはびっくりしました。しかし、無事に収まってよかった」

鷹揚《おうよう》にいう行介に、

「おかげさまで、何とか無事に」

と茂造も言葉を返すが、胸のなかには釈然としないものが残っていた。第一、何だって君代は自分のあとをつけてここまできたのか。それすらわからなかった。

「茂造さん、この箱の中身ですが」

行介が目顔で、カウンターに置いてある細工箱を差した。

「守り袋を取り出して、なかに何が入っているか見てもらえませんか」

「俺が！」

予想外の言葉に、茂造は驚く。

「そう、茂造さんがです。茂造さん以外の適任者は他にいませんから」

行介が大きくうなずいてみせた。

「それはまあ、いいけどよ」

小箱を手にし、茂造は底の部分を力をこめて引いた。小さな守り袋をそっと手にして、袋の紐をゆっくりとほどきにかかった。

「なかのものを、カウンターの上に出してください」

行介にいわれるまま、口を開けた守り袋を逆さにした。ころりと何かが転がり出た。指輪だ。それも、どこからどう見ても安物の。

「これは？」

怪訝な思いが胸をかすめる。

「茂造さんは覚えていませんか」

妙なことを行介が口にした。

茂造の胸がざわっと騒いだ。

どこかで見たような、遠い昔に……。

「あっ」

と思わず叫び声をあげて、隣に座っている君代の左手を見た。薬指に同じ指輪がはまっていた。メッキの剝《は》がれた、安っぽい姿そのままで。

「結婚指輪だよ。プラチナの高価なものだといって、お父ちゃんがくれた。実際は安物の擬《まが》い物だったけどね——お父ちゃんは仕事の邪魔だといってすぐに外したけど、私はこの指輪が好きだった。何たって、私にくれた最初で最後のプレゼントだったから。私のたったひとつの宝物だったから。これしか、私には想い出がなかったから」

君代の口から言葉がほとばしり出た。

茂造は鼻の奥が熱くなるのを感じた。こんな安物の指輪をこいつは、ずっと自分の指にはめていたのか。

「だから、この店のマスターに頼んだんだ。お父ちゃんは出所してきてから、何度もこのマスターのことを口にしていたから、いずれ近いうちにこの店に行くはずだと思って。それを見こして、その箱のなかに指輪をいれてこの店に持ちこみ、もしお父ちゃんがきたらひと芝居打ってくれるように——」

そういうことだったのだ。

これですべてが氷解した。

だから、君代は開け方を知っていたし、守り袋のなかを見ろとしつこく自分に迫ったのだ。だがそれを拒否したので、こっそりあとをつけてこの店までやってきた。結果を君代自身の目で確かめたくて。ところがあの二人に見られて——。

「お父ちゃんがこの箱に仕事を受けるかどうか賭けたように、私もこの箱に賭けたんだ。

もしお父ちゃんがこの指輪を覚えてないようだったら、もう別れようって、一人で生きていこうって」

君代の肩が震えていた。

声をあげずにしゃくりあげた。

「すまねえ、本当にすまねえ」

茂造も肩を震わせていった。

「私はお父ちゃんに、まっとうに生きてほしかった。二度と金庫破りなんかしてほしくなかった。貧乏でいいから、二人で仲よく暮したかった。だから、賭けの話を聞いたときは、開かないほうがいいと一度は思ったけど、女は欲張りだから、結局……」

君代の目からは涙が次から次へと溢《あふ》れた。茂造はカウンターの上の指輪を右手でそっとつまみ、おずおずと自分の左の薬指に持っていった。どうか入りますようにと祈りながら。

指輪はすんなり、茂造の薬指に納まった。味わったことのない幸福感が全身に走った。嬉しかった。君代が可愛いと思った。

「黄金の左手は返上して、今日からはプラチナの左手。奥さんのために、一生懸命働いてやってください。茂造さん」

行介の温かな声が耳を打った。

「本当は安物だけどよ」

嗄れた声でいって、茂造は隣の君代の顔を見た。

いつもとはどこかが違っているような気がした。皺の寄った顔に目をこらした。唇だ。君代の唇には薄く紅が引かれていた。こんな君代を見るのは何年ぶりのことなのか。途方もなく美しい赤だった。

大人の言い分

睨《にら》み合いが五分ほどもつづいている。

「結局、どうしてくれるんですか」

先に口を開いたのは、理世子《りよこ》のほうだ。

「どうしろって、いわれてもなあ」

気のない声を良久《よしひさ》が出した。

「だから、さっきから何度もいってるじゃない。毎月きちんと勇樹《ゆうき》の養育費を払ってくれれば何の文句もないって。なのに、払ってくれたのは最初のうちだけで、携帯に電話をいれても出ないし」

自然に口調が尖ってくる。

「だからといって会社のほうに何度も電話しなくたっていいだろう。あれじゃあ借金の取立屋と同じじゃないか。俺にだって立場ってものがあるんだから」

大声を出す良久に、

「こっちだって生活がかかってるんだから、取立屋にだってなるわよ」

理世子も吐きすてるようにいう。

「離婚した男で――」

良久は、テーブルの上のカップに手を伸ばしてコーヒーを一口すすり、

「まともに子供の養育費を払ってる人間は、世の中にほとんどいないんだってな」

そっぽを向いて答えた。

「何よそれ。何がいいたいのよ、あなた。払わないのが普通だとでもいいたいの」

「普通だとはいわないけど、世の中の風潮はそういうもんだってことを、いいたかっただけだ」

「風潮なんてどうでもいいの。私はただ、約束通り養育費を払ってくれれば、それでいいの。そのために、あのとき私は事を公にしなかったんだから」

「それはまあ……」

良久が再びカップに手を伸ばす。

理世子と良久が離婚したのは一年ほど前。原因は良久の家庭内暴力だった。

当時、良久は同僚とのつまらないいざこざから相手を半殺しの目にあわせて、勤めていた運送会社を解雇――その鬱憤《うっぷん》は家族に向けられた。最初の標的は一人息子の勇樹だった。良久は何の理由もなく、小学二年生だった勇樹を小突きまわした。

それだけならまだよかったが、そのうち良久は勇樹の顔を平手で殴るようになった。

「このままでは勇樹が殺される」

良久は体が大きく力もあった。理世子は手をあげる良久から徹底的に勇樹をかばった。体を投げ出して良久の暴力から勇樹を守った。その結果、暴力の対象は理世子に変った。

良久は容赦しなかった。

拳で顔を殴られ、体中を足で蹴られた。理世子の体は生傷の絶えることがなく、全身が痣《あざ》だらけになって高熱を出して寝こんだこともあったが、手向かうことはできなかった。良久は感情が高ぶると歯止めがきかなくなる性格で、荒《すさ》んだ過去を持っている男でもあった。女の力ではとてもかなわなかった。

理世子は離婚を決意したが、良久は容易にそれを受けいれなかった。

「離婚に応じてくれなければ、傷害罪で警察に訴えます。そうなればあなたは逮捕され、離婚も簡単に成立するはずです」

と、理世子は腹を括《くく》り良久にいった。

良久の暴力は理世子の体を見れば一目瞭然で、近所の人間は誰もが良久の日頃の行いを知っていた。

良久は折れるしかなかった。

離婚の条件はひとつ。

一人息子の勇樹が十八歳になるまで一定の養育費を支払うこと。これだけだった。良久は離婚を渋々承諾し、理世子はようやく夫の暴力から解放されたが、それからは誰の力も借りず親子二人が食べていかなければならなかった。

理世子は昼間は弁当屋に勤め、夜は週三回ほど近くのコンビニでパートとして働いた。それでも暮しはぎりぎりで、余裕などはまったくなかった。

良久もその後、別の運送会社に入ることができ、長距離トラックの運転手として働くようになったが、勇樹の養育費を支払ったのは三カ月だけだった。

理世子は何度も良久の勤める運送会社に電話をいれ、ようやくアパートの近くにある喫茶店での話し合いにこぎつけたのだ。

理世子は苛《いら》つきを胸にしながら、コーヒーを口にした。

コーヒーはすでに冷めていて、かなりの苦みを舌に感じた。カウンターに目をやると、客が一人いるだけで、その向こうに体のがっしりした男が立っていた。あれが行介だ。目が合った。行介が黙礼を送ってきた。理世子も慌《あわ》てて頭を下げてから、急いで視線をテーブルの上に戻した。あれが人を殺したことのある男なのだ。なぜか胸の鼓動が速くなった。理世子が良久と会うのをこの喫茶店にしたのは、ひとつは行介の顔を見るためでもあった。

「それで、どうするの」

催促の言葉を理世子は良久にぶつけた。

「どうするって、答えはひとつしかないじゃないか。払うより仕方がないだろうが、安い給料のなかから」

ふてくされた口調で良久がいった。

「あなたの給料がどれほどなのか私は知りませんが、勇樹はあなたの子供であって養育費を払うのはあなたの義務です。さっきも話したように、こっちもぎりぎりの生活をしていることを忘れないでください」

ぴしゃりといった。

「だから、払うっていってるじゃないか。それで文句はないんだろう。まったく、子供なんざつくるもんじゃないよな」

憎まれ口を叩く良久に、

「そう、つくるもんじゃ……」

理世子は思わずいいかけて、慌てて口を引き結んだ。

「それなら、俺はもう帰るから」

立ちあがり、そのまま行きかける良久に、

「伝票！」

と大きな声で理世子はいう。

「しっかりしてるな、お前」

ぼそっと口にする良久に、

「しっかりしなきゃ、この不景気のなか、親子二人で生きてくことはできませんから」

はっきりといってやる。

「ところでお前、いくつになったんだ」

伝票を手に取りながら良久はいう。

「元妻の年も忘れたの。あなたと三つ違いの三十六よ」

「ふうん、三十六か。なるほどなあ」

くるりと良久は背中を向けた。

いったい何なのだ。

あの、ふうんはいったい。

なるほどなあとは、どういうことなのだ。

理世子の体に悲しさとも怒りとも区別のつかないようなものが湧《わ》いた。

良久が勘定を払って外に出ていくのを確かめてから、理世子はゆっくりと立ちあがった。真直ぐ、カウンターに向かって歩き、一瞬の躊躇《ちゅうちょ》のあと丸椅子に細い体をすべりこませた。

じっと行介を見つめた。

古いモルタル造りのアパートに帰ってみると、時間は八時を回っていた。

幸い今夜はコンビニのパートはない。だから別れた夫に会ったのだが、話し合いはいちおう成功したといってもいい展開だった。

キッチンの奥の六畳を覗《のぞ》いてみると、テレビをつけっぱなしにして勇樹が部屋の隅で眠りこけていた。いつもなら腹の立つ光景なのだが、今夜は不思議にそういうことはなかった。なぜだろうと考えてみて、余裕という言葉が頭に浮んだ。良久との話し合いの結果——そうとしか考えられなかった。

そのとき、気配を感じたのか勇樹がゆっくりと目を開けた。勇樹は全身をびくっと波打たせ、その場に飛び起きた。

「ごめんなさい。僕、テレビを見てたら急に眠くなって、それでそのまま。本当にごめんなさい」

おどおどした調子で勇樹はいった。

「いいわよ、それぐらいのことは」

寛容な言葉を口にする理世子を、とまどいの表情を浮べて勇樹は眺め、

「だけど、本当にごめんなさい」

緊張感を漂わせて、ぺこりと頭を下げた。顔には明らかに怯《おび》えのような表情が浮んで

いる。無理もなかった。いつもの自分ならこんなときは容赦なく……。

「夕ごはんはどうしたの」

できる限り優しく訊《き》くと、

「カップ麵」

と勇樹は短く答えた。

「カップ麵か――じゃあ、私もそれにしようかな」

理世子は笑みを浮べるが、勇樹の顔にはさらにとまどいの表情が広がった。

「じゃあ、あんたは眠かったら、ちゃんと布団を敷いて寝なさいよ」

こくっとうなずく顔を横目で見て理世子は立ちあがり、隣のキッチンに戻る。ヤカンに水をいれてガスコンロにかけ、棚のなかからカップ麵を取り出してテーブルに置く。

湯はすぐに沸き、慎重にカップ麵のなかに注ぎこむ。あとは三分間待つだけだ。理世子は麵の蓋の上に箸を置き、ふと、勇樹に手をあげたのはいつごろからだったのだろうかと考える。答えは簡単だ。良久からの養育費が途絶えたころ。あのあたりから自分はおかしくなった。それまでは貧しいながらも親子二人仲よくやってきた。それが――。

初めて手をあげたのは、養育費のことで良久の携帯にこの部屋から電話したすぐあとだった。

「何かと出費が嵩《かさ》んで送る金がないんだから、仕方ないだろ」

良久はそれだけいって電話を切った。

まがりなりにも三カ月の間は払われてきたのだ。払う気がなくなったと考えてもおかしくはない。理世子の体中に得体のしれない怒りのようなものが湧きおこった。

気がついたら高い音がして、傍《かたわ》らにいた勇樹が畳の上に転がっていた。最初は何がおきたかよくわからなかった。が、すぐに自分の右手が勇樹の頰《ほお》に飛んでいたのに気づいた。信じられなかった。あれほど暴力を嫌っていた自分が。

「ごめんね、勇樹。お母さん、どうかしてる。ごめんね、勇樹」

涙目で自分を見つめている勇樹に、理世子は必死に謝った。

だが理世子の暴力はそれだけで終らなかった。何か気にいらないことがあったときや、訳もなく腹立たしいときなど、理世子の右手は容赦なく勇樹に飛んだ。誰かを殴らなければ気持が収まらなかった。

勇樹は殴られても声をあげなかった。両目を潤ませながら押し黙って耐えているだけで、それがよけいに癪《しやく》に障《さわ》った。理世子はさらに勇樹を殴った。

むろん、理世子が勇樹に謝ることなど、あれから一度もなく、目にいっぱい涙をためて訳もわからず謝るのは勇樹のほうだった。それでも理世子はやめなかった。

ひどい女だと思った。

やってはいけないことだと知りつつ、理世子は勇樹を殴りつづけた。嫌な思いだが、夫だった良久の胸のなかが何となくわかったような気がした。

人は人を殴る動物なのだ。もし相手が逆らってこないとしたら……人は弱い者をいたぶるのが好きな動物なのだ。だから仕方がない。理世子の出した結論だった。だが、このままつづけばいつか自分は勇樹を……。

今日の話し合いの場所を『珈琲屋』にしたのはそんな意味もあった。理世子はむしょうに行介の顔が見たかった。そして、人を殺したことのある右手を。

あのとき――。

カウンター席に座った理世子に、まず声をかけてきたのは行介ではなく、隣にいた客だった。

「何だか、もめていたようですね」

と、その客はいった。

年齢は四十歳前後に見えたが、頭頂部のあたりが薄くなっており、優しい雰囲気ではあったものの顔には脂《あぶら》が浮いていた。確かこの男は商店街にある『アルル』という洋品店の主人で、名前はと考えてみたが理世子は思い出すことができない。

「すぐ先で洋品店をやっている、島木です」

そんな様子を敏感に察したのか、男は自分のほうから名乗った。

「あっ、私は」

と理世子がいいかけると、

「早川《はやかわ》理世子さん。確か小学生の勇樹君という男の子と一緒に住んでおられる」

島木がさらっといって口許《くちもと》にやわらかな笑みを浮べた。

「これはどうも、早川です」

驚きつつも軽く頭を下げながら、島木という男の悪い噂《うわさ》を思い出した。この商店街きっての女好き。だから自分の情報もいろいろと収集して……ということは、島木は自分に関心を持っているということになるのか。決していい男という顔立ちではなかったが、それでも理世子は何となく嬉しい気分になった。

「島木さんっていうと、いろんな噂が耳に入ってきていますが」

余裕を持っていうと、

「いやいや、それはすべて風評風聞の類《たぐい》で、自分でいうのも何ですが、私は実に誠実な男でありまして。まあ、強いていえば、女性に対しては極めて優しいというのが本当のところといえますな。特に美しい女性には」

臆面もなくいった。

「特に美しい女性にですか」

何かを期待するように理世子も口に出す。

「そう、あなたのような美しい女性には、特にということです」

「私がですか、私なんかそんなことは」

理世子は顔の前で手を振るが、胸の奥が騒《ざわ》ついているのがはっきりわかった。たとえお世辞にしても、気持がよかった。この一年の間、そんな言葉にはまったく縁がなく、なりふりかまわずにがむしゃらに働いてきたのだ。少しぐらい、いいことがあっても罰は当たらないはずだ。

「それで、私からの提案なんですが」

と島木がいったところで、

「何か用事があったんでは……」

カウンターの向こうの行介から声がかかった。ぼそっとした声だ。

「あっ、コーヒーのお代りをと思って。一杯目は落ちついて飲めませんでしたから」

横目でちらりと島木を見ると、苦虫を嚙《か》みつぶしたような顔をしていた。

「わかりました」

呟《つぶや》くように行介はいい、アルコールランプに火をつけ、サイフォンを手際よくセットする。

「ところで、さっきの話のつづきですが」

島木がまた精一杯優しい声をあげると、

「島木、それぐらいにしておけ」

低い声で行介が制した。

「いや、俺は別に」

島木は弁解するようにいってポケットから名刺入れを取り出し、下のほうから一枚抜いて理世子に差し出した。

「何か困ったことがあればいつでも。裏には携帯の番号も書いてありますから」

「それは、ごていねいに」

名刺を受け取って裏を返すと、確かに携帯の番号が書いてある。どうやら島木は相手によって名刺を使いわけているらしい。

理世子は名刺を膝の上のバッグにしまい、

「ところで宗田さん」

行介の顔を真直ぐ見た。

「唐突なお願いなんですが、宗田さんの右手を私に見せてくれませんか」

思いきっていってみた。

「俺の右手ですか」

ぽつりと出す言葉には、決して気分のよさは含まれていなかったが、

「いいですよ」

行介が理世子の前に右手を差し出した。

「これが人を殺した人間の手です」

はっきりといった。理世子の咽《のど》がごくりと音を立てた。食いいるように眺めた。大きくて分厚い手だった。何となく良久の手に似ていた。学生のころは不良グループに入っていたという良久の手も大きくて分厚かった。

ただひとつ違う点は、行介の掌《てのひら》にはところどころ引きつれたような痕があった。まるで何か熱いものを押しあててできた火傷《やけど》のような。

「これは」

悪いとは思いながら訊くと、

「天罰です」

行介がぼそっといった。

「人をいたぶったり苦しめたりすると、こういう醜《みにく》い手になるということです。人間の手ではなく獣の手になるということです」

そういってから、行介はゆっくりと手を引き、サイフォンのコーヒーをカップに移して理世子の前に差し出した。

「熱いですから」

といって軽くうなずいた。

「いただきます」

理世子は両手でカップを持ってゆっくりと口に運んだ。一口飲んだ。なるほど熱かった。が、熱いだけではなく、苦みと背中合せにまろやかさがあった。

「おいしい！」

思わず声をあげた。

「それはよかった」

行介の顔が綻《ほころ》んだ。

気持のいい笑顔だった。

「納得がいきましたか」

理世子は行介のこの言葉の意味がよくわからなかった。コーヒーの味のことなのか、それとも右手のことなのか。どちらとも判断できず、両手でカップを持ったまうなずいた。

そのあとはコーヒーを飲むことに専念した。それが右手を見せてくれた行介に対する礼儀だと思った。

気がつくと三分間はとうに過ぎていた。

理世子は急いでカップ麵の蓋を取る。

麺はどう見ても伸びていたが、おいしかった。いや、まずいはずがないと思った。どっちみち、麺がどうであれ、贅沢のいえる身分ではないのだ。

カップ麺を食べ終えてから、理世子は自分の右手をじっと見た。多少荒れてはいるものの、つるりとした肌だった。理由もないのに理世子はほっとするものを覚えた。

行介のあの右手――あれは火傷の痕に違いなかった。行介は自分で自分の手を焼いている。おそらくは、コーヒーサイフォン用のアルコールランプで。殺人を犯した理由はどうであれ、罪の意識のために自分の手を。

では自分はと考えてみて、理世子は小さな溜息をもらす。訳もなく勇樹を殴ることに罪の意識はあったものの、自分で自分の手を苛《いじ》める気持はなかった。自分を苛める代りに、さらに勇樹を殴りつづけている。そして、いつかこの手で勇樹を殺すのではないかと怯えている。行介に較べて自分は……いいかげんな人間だった。わかっていた。わかっていたが、どうしたらいいのか。

理世子はテーブルに右手を叩きつけた。

口のなかに残る麺が、ふいにまずく感じられた。

早急に養育費を送ると良久はいっていたが、一週間たっても銀行の口座には一円の金も振り込まれてこなかった。

「いいかげんな女に、いいかげんな男」

こんな言葉が口から出た。

理世子は何度も良久の携帯に電話をいれたが、聞こえてくるのは呼び出し音だけだった。理世子は途方にくれた。あとはまた会社への電話攻勢か直接職場に乗りこむかしかなかったが、今それをやると何もかもがぶちこわしになるような気がした。

また、勇樹に対する暴力行為が始まった。

勇樹は歯を食いしばってそれに耐え、理世子は耐えている勇樹をさらに殴った。

「あんた、殴られてるのになんで泣かないの。なんで声をあげないのよ」

怒鳴りつけた。

「そんなこと、僕は、僕は」

目を潤ませながら勇樹が低い声でいう。

「僕は何。はっきりいいなさいよ」

理世子の右手が勇樹の顔に向かう。

勇樹は転がるように畳の上に飛んだ。

「いいなさい、はっきりと。起きあがって」

目を吊《つ》りあげて睨みつける理世子に、

「僕はお母さんが好きだから、お母さんしかいないから」

勇樹の言葉に振りあげた理世子の右手が一瞬止まった。が、すぐに勢いよく動いて、起きあがった勇樹は畳に転がった。

こんな毎日がつづくなか良久からの振込みは依然なく、理世子はふいに島木に電話してみようと思いたった。あの人なら親身になって相談に乗ってくれる。たとえそれが下心の延長線上にあるとしても。

携帯に電話をすると島木はすぐに出た。ちょうどその夜もコンビニのパートはなかったので夕方会うことにした。指定された場所は珈琲屋ではなく、駅裏の大きな喫茶店だった。

時間通りに島木は現れ、満面に笑みをたたえて理世子の前に座った。

注文を取りにきたウェイトレスに「コーヒー」と一言だけいい、すぐに理世子に視線を戻した。

「私は常に美人の味方ですから、あなたの頼み事なら何でも引き受けるつもりです。どうか遠慮なさらずに、どんなことでも話してください」

はっきりした口調でいい、

「で？」

と小首を傾《かし》げた。

脂ぎった顔だったが、仕草《しぐさ》がどことなく小鳥を連想させて理世子は安心感を覚えた。

「実は」

理世子が喋《しゃべ》りかけるのを島木は片手で制して、

「コーヒーがきてからにしましょう。どんなことを聞かれるかわからないから」

なかなか用心深い性格のようだ。

コーヒーが運ばれてきて、一口飲んでから島木は真剣な目で理世子を見つめ、

「どうぞ」

やわらかな声で話をするようにうながした。

「実は恥ずかしい話なんですが……」

理世子は離婚の原因から養育費の件、それに現在勇樹に暴力を振るっていることまで洗いざらい島木に話した。誰かにすべてを聞いてほしかった。誰かに話して叱ってほしかった。親身になってほしかった。ぬくもりがほしかった。理世子は話しながら涙がこぼれてくるのを覚えたが、島木は動揺することなく真摯《しんし》な態度でそれを聞いた。

「すみません、こんなところで泣き出してしまって。他人から見たら誤解されるような展開になってご迷惑をかけたかもしれませんが」

話し終えたあと蚊の鳴くような声で理世子がいうと、

「そんなことは気にしないように。私の迷惑など取るに足りないことです。それよりも、あなたのことです」

真直ぐ理世子を見つめて、しっかりした口調で島木がいった。胸の奥に灯りがともる思いだった。こんな優しくて力強い言葉を耳にするのはいったいどれほどぶりなのか。理世子の目から新たな涙がこぼれた。

「申し訳ないが、勇樹君のことはあとでゆっくり考えるとして、まずは目の前の養育費のことを考えましょう」

島木は断定した口ぶりでいい、

「解決法はふたつあります。まずひとつは法律に訴える方法――確か裁判所に異議を申したてればこのケースの場合、相手の給料を差押えることができるはずです」

今度はやわらかな口調でいった。

そんな方法があるとは知らなかった。

「でも、それをするには、けっこう面倒な手続きがいるんじゃないですか」

理世子は恐る恐る訊いた。

「面倒かどうかは何ともいえませんが、最後の手段であることは確かです」

「最後の手段……じゃあ、もうひとつの方法というのは」

理世子は洟《はな》をちゅんとする。

とたんに島木の顔がぱっと輝く。

「ソプラノですな」

訳のわからないことをいってから、

「しかるべき人に、間に立ってもらって取立てをしてもらうことです」

妙なことをいい出した。

「といっても、あの人は学生のころは不良グループに入っていたほどの喧嘩好きで、とても並の人間が太刀打ちできる人じゃないですけど」

頭を何度も振る理世子に、

「そういう輩《やから》と渡り合える人間を私は一人知っています。実をいうと、良久さんのようないいかげんな人間には、そういう強い相手を一度はぶつけたほうが薬になるような気がします。法律で解決するよりは――法律というのはけっこう抜け穴があって、予想通りにいかないことも多々ありますから」

島木は嚙んで含めるようにいった。

「そんな人がいるんですか」

と訊く理世子の脳裏に、行介のがっしりとした体が浮んでいた。わかりきった答えだった。行介以外、そんな人間はいない。

「ひょっとして、宗田さんのことですか」

思いきって名前を口に出してみた。

「その通り、宗田行介です。人間、誰しも考えつくところは同じようなものですな」

島木は幾分悔しそうな表情を浮べ、

「あいつぐらい、こういった仕事に適した人間はいないと思いますよ。一度あいつに、がつんとやられれば、良久さんも大いに反省するんじゃないでしょうか。そういうことが大切だと私は思います」

今度は一気にいった。

「でも、あの人は不良時代の癖というか、確か今でも護身用のナイフを忍ばせているはずです。そんなものを、もし取り出したとしたら」

「ナイフですか。それは少し困りましたね。ですが世の中、成るようにしか成りません。それは臨機応変ということで、あいつも子供じゃないんだから、どうにかするでしょう」

無責任なことをいい出した。

「それに、実をいいますと私は悔しいんです。こんな美しい人を殴ったり蹴ったりして、何の咎《とが》めも受けていない良久さんに、憤りさえ覚えているんです」

島木はまた小首を傾げ、

「ただひとつの難点は、あいつがこの仕事を引き受けるかどうかです。正義感は強いが、少々臍《へそ》のまがったところのある男ですから。まあ、そんなときはあなたと勇樹君の一件を持ち出せば、何とかなるような気はしますが」

確信するようにうなずいた。

「私と勇樹との暴力沙汰をですか！」

いったい何をいい出すのかと理世子は驚いた。

「あいつはいつも弱い者の味方なんです。子供のころから、ずっとそれは一貫していて変ってはいません。だから、勇樹君の一件を出せば——元凶は何といっても、あなたの元御亭主なんですから」

「…………」

「では善は急げということで、これから二人で珈琲屋に参りましょう。鉄は熱いうちに打たないと」

島木は伝票をつかんで勢いよく立ちあがった。


アパートに帰って奥の六畳を覗くと、きちんと布団を敷いて勇樹が眠っていた。テレビもちゃんと消してある。キッチンのゴミ籠にカップ麵の容器がすててあったから、夕食はこれですませたのだろう。

理世子はゴミ籠から視線を外し、キッチンの椅子に腰をおろして小さな吐息をもらした。行介の分厚い手がふいに脳裏に蘇った。火傷の痕の残る、醜く引きつれた手だ。

「天罰……」

ぽつんと理世子は口に出す。

テーブルに自分の手を広げてそっと見る。弁当屋とコンビニのかけもちで、荒れていたが醜くはなかった。年相応の女の手だった。理世子は自分の手を食いいるように眺めた。

そのうちに妙な気分に陥った。

「綺麗《きれい》すぎる」

こんな言葉が口からもれた。

不自然な手だと思った。

理世子は椅子からのろのろと立ちあがり、キッチンの棚の引出しを次々に開けてまわった。確か非常用のローソクがあったはずだ。あれをアルコールランプ代りにして――。

ローソクは一番下の引出しの奥にあった。理世子はそれを取り出し、ローソク立てに立ててテーブルにゆっくりと置く。これに火をつけて行介と同じように自分の手をかざせば、勇樹を殴る行為も、おさまるような気がした。そうに違いないと確信した。

百円ライターで、理世子は火をつけた。アルコールランプに較べれば小さな炎だったが、自分は女なのだからこれで充分なんだと勝手な解釈をして納得させた。

ゆっくりと炎に右手をかざした。

炎より十センチほど上だ。熱くない。五センチほど下に手をおろした。まだ熱くない。

さらに下げた。ふいに掌に鋭い痛みを感じた。熱すぎた。思わず手を引っこめて炎を睨みつけた。

やはりできない。

こんなことのできる行介という男は、どこかおかしい。自分のほうがまだ正常だ。しかし――理世子は島木に連れていかれた珈琲屋でのやりとりを思い出す。

なかに入った島木は何のためらいもなく、カウンターの前に歩いていった。理世子も慌ててあとを追い、島木の隣の丸椅子に体をすべりこませる。

「ブレンド、ふたつ」

カウンターの向こうの行介に、癇高《かんだか》い声を島木はかけた。

「どうしたんだ、二人一緒に」

行介は怪訝な表情を浮べ、それでもコーヒーを淹《い》れるための手だけは動かしながら低い声でいった。

「ちょっと、お前に相談がな」

睨むように島木は行介を見た。

「俺に相談――その手のことが苦手なのは、お前がいちばんよく知っているはずだが」

行介の言葉に理世子は両の耳がわずかに赤くなるのを感じた。

「その手の相談事を、お前にするはずないだろうが。お前にしかできない、ちゃんとした真面目な相談だ」

「俺にしか……」

行介の表情に一瞬暗さがまじった。

「そうだ。だが、まずコーヒーを飲んでからだ。それからゆっくりとな」

しばらくして理世子と島木の前に湯気の立つコーヒーがていねいに置かれた。

「熱いですから」

ぼそっという行介の声をはっきり聞きながら、理世子は両手でつつみこむようにしてコーヒーカップを取りあげる。

そっと口に含む。

やはり熱い。が、そろそろと飲めば大丈夫だ。カップに口をつけながら、理世子は行介の右手を凝視する。カウンターの上に置かれた右手の掌がわずかに見える。火傷に引きつれた右手だ。あの熱さに較べれば、コーヒーの熱さなどは。

「おいしいです」

掠れた声で理世子はいって、行介の顔に視線を移すが、表情は暗いままだ。慌てて視線をカウンターに戻すと、また引きつれた手が目に入った。

「で、その相談なんだが。この理世子さんが悪い男に引っかかって困っている。だからこうして、二人で押しかけたということなんだが」

コーヒーを半分ほど飲むと、島木はおもむろに声をあげた。

行介の表情は変らない。

理世子は手にしていたカップを皿の上に戻した。静かに置いたつもりだったが、カップが高い音を立てた。

「実はな――」

と島木はいい、理世子のこれまでをつつみ隠さず行介に話した。何の脚色も誇張もなく、すべてのことを淡々と。勇樹を意味もなく殴りつける状況まで、島木は詳しく行介に話して聞かせた。意外だった。もう少し控えめに話すものだと、理世子は頭からきめつけていた。

「こいつに嘘《うそ》は通用しません。想像できないほどの修羅場をくぐってきた男ですから、何もかもさらけ出したほうがいいんです」

理世子の気持を察したのか、島木は大きくうなずきながらいった。

「それで、俺にどうしろというんだ」

低い声を行介が出した。

「その良久というワルを、お前にこらしめてほしい。その一言につきる」

「こらしめる？　つまり俺に、その良久という人間を痛めつけろというのか」

行介の暗い表情に困惑がまじる。

「そうだ。怪我をさせない程度に痛めつけてほしいんだ。怪我をさせると、傷害で引っ張られる可能性が出てくるからな」

島木ははっきりした口調でいった。

「痛めつければ、その良久という男が養育費を払うというのか。そこのところが、どうもよくわからないんだが」

「そこからは俺の仕事だ。お前が手際よく良久という男を痛めつけてくれれば、あとは俺が何とかする」

「だが、その男はいつもナイフを持ち歩いているんだろう。俺が返り討ちにあう公算も高いと思うが。そのときはどうするつもりなんだ」

「それは――」

島木は一瞬いいよどみ、

「そのときはそのときだ。何かいい方法を考えるから心配するな。というか、俺はお前が返り討ちにあうとはまったく考えてない」

早口で一気にいった。

「ずいぶん無責任な話だな」

呆《あき》れた面持ちの行介に、

「そうだ。ずいぶんと無責任で勝手な話だ。だからお前のところに持ってきた。こんな話を引受けてくれるのは行さん、お前さんぐらいしかいないだろうからな」

しゃあしゃあと島木はいった。

「俺ぐらいしかなあ」

行介はぽつりといい、太い腕をくんで黙りこんだ。

沈黙が流れた。嫌な時間だと理世子は思った。何か言葉を出さなければ。

「助けてください、お願いします。このままでは親子二人、暮していくことができません。何とかお願いします」

すがるようにいって、理世子は額をカウンターにこすりつけた。

が、沈黙はつづいたままだ。

「俺からも頼む。ほら、この通りだ。ここはひとつ、理世子さんの頼みを」

隣の島木も額をカウンターにこすりつけたようだ。

「このままでは理世子さんも勇樹君も駄目になる。子供には何の罪もない。勇樹君はまだ小学三年生だ。そんな小さい子供が」

島木が絞り出すような声を出した。

「それは――」

行介が声をあげた。かすれた声だったが、沈黙が破れた。隣の島木が顔をあげたような気配が伝わり、理世子も恐る恐るカウンターから額を離す。顔をあげると行介の目とぶつかった。

「わかった」

と行介は低すぎるほどの声でいった。

「ただし、条件がふたつある」

理世子と島木の顔を交互に見た。

「何だ、それは」

島木が睨むように行介を見た。

「お前にひとつ、理世子さんにひとつ」

嗄《しわが》れた声を行介は出した。

「俺と理世子さんに、ひとつずつ？」

つられたように島木も嗄れた声を出す。

「お前に対する条件は、事の結果に拘《かか》わらず、すんだ後にいう」

「…………」

「私のほうの条件って？」

理世子は恐る恐る訊いた。

「俺と良久という男がやりあったあとは、これも事の結果に拘わらず絶対に勇樹君には手を出さない。そういうことです」

「そんなことは当たり前じゃないか。ねえ、理世子さん」

理世子の顔を島木が覗きこむように見た。

「勇樹に手を出さない……」

独り言のようにいう理世子に、

「それを約束してくれるなら」

強い調子で行介がいった。

「だから、そんなことは当たり前だっていってるじゃないか。理世子さん、こいつにはっきり約束してやってくれ」

怒鳴るように島木がいった。

「でも、それは」

はっきりいえる自信が正直なところ、理世子にはなかった。行介の射貫くような視線のもとで嘘をいう自信もなかった。行介は結果に拘わらずといった。もし結果がよければ約束できるような気もしたが、悪かった場合にはどうなるのか。とてもそんな約束などできないような気がした。

理世子は口ごもった。

「その約束ができるようなら、もう一度ここにきてください」

諭すような口調で行介がいい、話はそれで終った。カップのなかには、冷めたコーヒーが半分ほど残っていた。

理世子はテーブルに置いたローソクの炎を見つめつづける。

「約束しろっていったって」

炎にぶつけるように口に出す。

「うまくいけばいいけど、もし駄目だったら。そんなこと、約束できるはずがないじゃない」

うめくようにいって、再び炎に向かって右手を差し出した。もし、行介のように素直に罰を受けることができたら、勇樹に暴力を振るうことなど……あの熱さに耐えられるなら。

炎の真上に手をかざした。全身に突き刺すような痛みが走った。すぐに手を引っこめた。我慢できるはずがなかった。指のつけ根が赤くなっているのがわかった。赤くなった部分を睨みつけていると、段々自分に腹が立ってきた。嫌な兆候だった。赤い部分を凝視した。

「なんで、こんな莫迦《ばか》げたことを」

訳のわからない腹立たしさが、体の芯を突き抜けた。目の端がゴミ籠のなかのカップ麺の容器をとらえた。容器はそのままでゴミ籠にすててあった。あれほどつぶしてすてろといっているのに。腹立ちがさらにつのった。許せなかった。

理世子はふらりと立ちあがって、六畳の襖《ふすま》を開けた。

勇樹が布団にくるまって眠りこけていた。脇腹のあたりを蹴った。勇樹が目を開けた。

慌てて飛びおきた。小さな頰を平手で殴った。

「容器はつぶしてすてなさいって、いつもいってるでしょう」

また殴った。

「ごめんなさい。本当にごめんなさい。ぼーっとしてて忘れちゃって」

咽をひくひくさせて勇樹が謝った。

「忘れるあんたが悪いのよ」

脇腹のあたりをつねりあげた。

「ごめんなさい、本当に……」

必死の面持ちで勇樹は謝るが、両の目は濡れてはいない。

「なんであんたは叩かれても泣かないのよ。なんでそうやって我慢してるのよ」

今度は頭を殴りつけた。

「ごめんなさい。僕、本当に忘れちゃって、ごめんなさい」

さらに頰を殴りつけた。

容赦なく殴った。

勇樹が仰向けに倒れた。

「いいかげんに泣いたらどうなの。なんであんたは叩かれても逆らわないの。男だったら殴り返したらどうなのよ。なんでそんなに我慢するのよ」

叫んだ。何もかもが腹立たしかった。

「僕はお母さんのことが、お母さんのことが……」

震えた声を出す勇樹に、

「うるさいっ」

怒鳴りつけて馬乗りになった。

「うるさいっ、うるさいっ、うるさいっ」

両手で殴った。

熱いものがこみあげた。理世子は涙を流しながら、勇樹を殴りつづけた。


次の日の夕方。

弁当屋での仕事が一段落したころ、島木から理世子の携帯に電話が入った。

「どうですか、勇樹君を殴らない決心はつきましたか」

優しげな口調で島木はいった。

「そんなこと、無理です」

理世子は携帯を耳に押しあてながら、調理場を抜けて裏口に向かった。誰にも聞かれたくない内容だったし、店のなかに漂う総菜のにおいが鬱陶《うっとう》しかった。裏口から外に出た。

「もしもし、聞こえてますか」

島木のたたみかけるような声に、

「聞こえてます。場所を移動しただけです」

「それならいいんですが」

と安心したような島木の声に、

「私は駄目です。現に昨日だって――」

理世子は、寝ていた勇樹を起こして手をあげたことを正直に島木に話した。隠さずすべてを話した。

「それで、勇樹君は大丈夫なんですか」

島木は一瞬言葉をつまらせてから、早口でいった。

「勇樹は顔が腫《は》れているので今日は学校を休ませました。二、三日は休ませるつもりです。誰が見たって殴られたことに気がつくはずですから」

理世子は、押し殺した声でいった。

「それは賢明な処置ですが、勇樹君の体のほうは」

「大丈夫です。顔が腫れているだけで、骨とかに異状はなさそうです」

「それならいいんですが——その状態から脱け出すためにも、今度の件は行介に」

「それはわかっています。でも自信がないいんです。うまくいけばいいんですが、もし悪いほうに転がったら」

甲高い声が飛び出した。

「方便です」

話を聞き終えた島木がぽつりといった。

「世の中のすべてが方便です。こう考えたらどうでしょう、理世子さん。悪いほうに転がると考えるからいけないんです。悪いほうには絶対転がらない。うまくいくにきまっているって。そう考えれば、行介の望み通りの言葉が理世子さんの口から出るんじゃないですか」

「悪いほうには絶対転がらないですか」

思わず口走る理世子に、

「行介は強いんです。いくら良久さんが喧嘩に強くてナイフを持っていたとしても、所詮《しょせん》行介にはかなわない。そう考えればいいんですよ。あいつは強いんです。悪いほうに転がるわけがないんです」

島木は嚙んで含めるようにいった。

「行介さんは強い、良久は行介さんにはかなわない……」

独り言のように理世子は呟く。

「そうです。あいつは強いんです。負けるはずがないんです。そうなれば、答えは簡単に出るじゃないですか」

「それは、そうですが」

「何といってもあいつは、人を――」

といいかけて島木は言葉を切った。

理世子の脳裏に火傷のために醜く引きつれた行介の右手が浮んだ。そうなのだ。自分の手を自分で焼くなど、普通の人間にはできることではない。現に昨夜、自分も試みたができなかった。

理世子の頭のなかで何かが弾けた。

「そうですね。そういうことですね。わかりました。これから宗田さんのところへ行ってきます」

弾んだ声でいった。

「それなら私も同行します。どこで待ち合わせましょうか」

同じように弾んだ声でいう島木に、

「いえ、次の仕事まで時間もあまりないので、ここは私一人で行ってきます。そのほうが宗田さんも、妙な思いを抱かなくてもすむでしょうし」

理世子は声を張り上げていった。

「それはまあ、そうかもしれませんが」

残念そうにいう島木に、

「それならそういうことで、結果は電話で報告します。ありがとうございました。本当に」

理世子は電話を切って急いで店に戻る。コンビニの仕事まで一時間ほどしかなかった。

十五分後、理世子は珈琲屋のカウンターの前に立っていた。

「昨日の宗田さんの条件ですが」

はっきりした口調でいった。

「結果がどうなろうと、二度と勇樹に手をあげないことを約束します」

真直ぐ行介の顔を見た。

「本当ですね。その言葉を信じていいんですね。結果がどうなろうと、ちゃんと約束してくれるんですね」

行介は睨みつけるように見返してきた。

「はい、約束します」

行介の右手に目をやりながら、この人は強いんだと自分にいい聞かせて、理世子はよどみなく答える。

「わかりました。で、いつどこへ行って、その良久という人とやりあえばいいんですか」

「あさってはコンビニの仕事がありませんから、その夜にこの店が終ってからということでどうでしょうか」

「あさっての夜ですね。それで、いったいどこで」

「運送会社がいつ終るかわからないので、申しわけないですけど、あの人のアパートの前で帰ってくるのを待つということになりますが、それで――」

蚊の鳴くような声でいった。

「わかりました。どんな結果になるかはわかりませんが、そういうことで話を進めましょう」

小さくうなずく行介に、

「もちろん私も行きますし、多分島木さんもくると思います」

理世子はほんの少し笑って見せた。

「そうですね。それではみんなで押しかけることにしましょうか。ところで――」

理世子の顔をしっかり見つめ、

「コーヒーを一杯、飲んでいきませんか」

ふわっと行介は顔中で笑った。

笑い顔を見るのは二回目だった。

気持のいい顔だった。

「飲みたいのは山々なんですけど、今日はもうひとつ仕事があって、時間があまりないんです。本当にすみません」

理世子は腕時計に目をやってから、深々と頭を下げた。

素直な気持だった。本当は飲みたかったが、どう考えても無理だった。

「それなら、急がなければ」

という行介の声に押し出されるように、理世子は表に飛び出した。


良久の住む木造モルタルのアパートの前には、待つにはおあつらえ向きの小さな公園があった。

三人は公園のベンチに腰をおろして、すぐ前の道を見つめつづける。アパートに戻るには必ずこの道を通らなければならない。

「遅いですね、あの人」

消えいりそうな声で理世子はいった。

時間はすでに十一時になろうとしていた。

「運送会社だから、トラックの便によっては遅くなることもあるんでしょうな」

フォローするように島木がいう。

「ひょっとして夜間便なら、帰ってくるのは明日ということも……」

「それならそれで、また後日ということにすればいいじゃないですか、なあ行さん」

島木が隣の行介の脇腹をつついたようだ。

「そうだな」

短く答える行介に、

「ところでお前さん。ナイフに対する防御法は、ちゃんと考えてあるんだろうな」

心配そうな口ぶりで島木が訊いた。

「ナイフに対する、防御法か」

行介はぼそっといい、

「体に刺さらなければいい、ということだな」

何でもないことのように口にした。

「体になあ……それはまあ、確かに理屈の上ではそういうことになるが」

島木は小さく頭を振った。

表通りからはかなり奥まった場所なので、辺りは静かで物音もそれほど聞こえてこない。灯りもあまりなく、公園に設置された水銀灯だけが、ぼんやりと地面を青白く照らしている。

十二時を少し回ったころだった。前の道に人影が見えた。良久だ。

「きました」

理世子は立ち上がって二人に声をかけた。

「あれが、理世子さんの元の……」

口走る島木の語尾がかすかに震えた。

暗がりのなかを、がっしりとした体格の背の高い男が歩いてくる。両肩をゆっくり振る、かなり癖のある歩き方だ。

理世子は良久のほうに向かい、公園を出た。島木がそのあとにつづいたが行介はベンチの前に立ったまま動かなかった。

「理世子、何だってお前」

良久が驚いた声をあげた。

「理由はわかりきってるじゃない。なんで約束通り、養育費を振り込んでくれないのよ」

「養育費なあ」

良久は嘲笑《あざわら》うような声をあげ、

「よく考えた結果、俺も世の中の風潮を見習おうと思ってな」

はっきりした調子でいった。

「ということは、払う気はないってこと。そういうことなの？」

理世子は憤りを感じた。

「そういうことに、なるかなあ。まあ、悪く思わんでくれ。ところで、そのしなびたおっさんは何なんだ。お前の新しい男か」

良久が顎をしゃくるようにしていった。

「理世子さんに対して失礼なことをいうな。私はこの人の後見人だ」

島木は声を荒げるが、やはり語尾が震えるのは隠せない。

「後見人なあ。その後見人が、いったい俺をどうしようっていうんだ」

島木の体を値踏みするように見た。

「少し痛めつけてやろうと思ってな」

胸を張って答える島木に、

「へっ！」

素頓狂な声を良久は出した。

「俺を痛めつけるって。正気か、おっさん。その腹の出た体で、どうやって俺をやるっていうんだ」

「もちろん、あんたの相手をするのは俺じゃない。あんたの相手は、あそこに立っている男だ」

ベンチの前に立っている行介を指さした。

「面白いなあ。近頃喧嘩をしてねえから、うずうずしてたところだからな。そうか、俺をやるってか」

良久はちらりと理世子に目をやってから、無造作に公園へ入っていった。理世子も島木も急いでそのあとにつづく。

良久と行介が睨み合っていた。

「けっこう、強そうなおっさんじゃねえか」

真剣な表情で良久がいった。

どうやら一目見て、行介の喧嘩の実力が相当なものだということに気づいたようだ。さすがにワルをやっていただけのことはある。

「俺が勝ったら、その人にちゃんと養育費を払うと約束してくれないか」

抑揚のない声で行介がいった。

「そんな約束はできねえな。それに、どっちみち勝つのは俺のほうだからよ」

いうなり良久は上衣の内ポケットから何かを引き抜いた。刃渡り十五センチほどのナイフだ。

「ひっ」

理世子は悲鳴をあげた。のっけからナイフを出すなど考えてもいなかった。

腰を落して良久は慎重にナイフを構える。

行介のほうは両手を下げた自然体だ。

「死ねや、おっさん」

その声が合図のように行介が動いた。

太い両腕を胸前で、がっちりと交差した形をとりながら良久に向かっていった。行介はナイフが体に刺さらぬよう、腕で受けとめるつもりなのだ。

向かってくる行介を見ながら良久が後ずさった。行介の戦法にどう対処したらいいのかわからない様子だった。後ずさりながら、やみくもにナイフを振り回した。

そんな良久にはまったく無頓着な様子で、行介は無言で歩を進める。

「クソオヤジ！」

良久が吼《ほ》えた。ナイフを振り回しながら行介めがけて突っこんできた。行介の体とナイフが交差した。

「あっ！」

と誰かが叫んだ。

ナイフは行介の太い腕に弾かれたらしく、水銀灯の光のなかを弧を描いて飛んだ。

行介の右手が良久の胸元に伸び、がっちりとつかみこんでそのまま宙に押しあげた。ものすごい膂力《りょりょく》だった。右腕一本で大人の男を宙吊りにしたのだ。

良久は空中でばたばたと両腕を振ってもがいた。が、行介はびくともしない。渾身の力で咽元を締めあげた。行介のこめかみには血管が浮きあがり、顔も赤く染まっているのがわかった。鬼の形相だった。

良久の両腕の動きが徐々に小さくなり、やがて気を失うという寸前、行介は咽元の右手を突き放した。良久は公園の地面にぐったりとした姿で横たわった。

「どうだ。きちんと養育費を払うかね」

良久の体の前にしゃがみこんだ行介が怒鳴り声をあげた。

「払います、ちゃんと」

良久は咽をぜいぜいさせながら、細い声で答えた。顔が恐怖で引きつっているのがわかった。

立ちあがる行介の代りに、今度は島木がしゃがみこんだ。

「ついでに教えておいてやるが」

島木はささやくような口調でいい、

「この男は、あんたが以前理世子さんと話をした珈琲屋という喫茶店のマスターだ。誰に聞いてもらってもわかるが、この男は以前人を一人殺している。要するに只者ではないということだ」

そういってから島木は、すまないという表情で行介に軽く頭を下げた。

「その罪で八年の刑をくらって岐阜刑務所に服役していた。その間、ヤクザの親分たちからも見込まれて、その筋では顔も売れている男だ」

とんでもないことをいい出した。

「つまり、私がいいたいのは、あんたが金を払うのが嫌でトンズラしたとしても、全国のヤクザ組織があんたを追っかけ、それなりの代償を払わせるということだ。ヤクザの代償がどれぐらいのものか、ワルだったあんたには想像がつくだろう」

島木の言葉に良久は顎をがくがくさせてうなずいた。

「つまりは、そういうことだ」

ぽんと島木は良久の肩を叩いて立ちあがり、

「じゃあ、帰りましょうか、理世子さん」

先頭に立って歩き出した。


アパートに帰ると夜中の一時を回っていた。奥の六畳を覗くと、勇樹が今夜もきちんと布団を敷いて眠っていた。

「ごめんね、勇樹。何もかもうまく収まったから。お母さん、もう勇樹のこと絶対に殴ったりなんかしないから」

眠りこけている勇樹に優しく語りかけ、理世子はぺこっと頭を下げた。

キッチンのゴミ籠を見ると、カップ麵の容器がつぶされて入っていた。勇樹はいわれたことをちゃんと守っているようだ。

「これで何もかもうまくいく」

口のなかだけで呟いてから、理世子はキッチンの椅子にそっと腰をおろす。口許には自然と笑みが浮かんだ。

帰り道のことだ。

「おい、お前。腕に怪我をしてるぞ」

と島木が行介の左腕を見ていった。手首の上あたりに刃先があたったらしく、血が一筋流れていた。

「ナイフを弾いたとき、ちょっとかすったようだが、こんなものはほっといても治るさ」

何でもないことのようにいう行介に、

「あの、これ使ってください」

と理世子はハンカチを取り出し、血の出ている箇所に巻きつけて強く縛った。

「ありがとうございます」

という行介の顔を島木が羨《うらや》ましげに見ていた。

「そんなことより島木、お前に対する例の条件なんだが」

行介の真面目腐った声に、

「ああ、それそれ。俺に対する条件っていうのはいったい何なんだ。難しいことか」

心配そうな口ぶりで島木がいう。

「簡単なことさ」

行介の顔がわずかに綻んだような気がした。

「この人に手を出さない。それがお前に対する条件だ」

「えっ！」

とたんに島木の両頰がぷっと膨れた。

「そんなことは、お前、いわれなくたって、わかってるさ。俺はただ、理世子さんが困っているのを見かねてだな——最初から、そんな下心なんぞは爪の先ほども持ち合せていないから、当然のことだ」

つっかえつっかえ仏頂面《ぶっちょうづら》でいって、宙を睨みつけるように見た。仏頂面だったが、あれはいい顔だと理世子は思った。思わず吹き出しそうにはなったが。

そんなことを考えていると、ふいに睡魔が襲ってきた。今夜はいろんなことがありすぎて、体も心も疲れきっていた。

理世子はゆっくりと椅子から立ちあがり、六畳に入ってパジャマに着がえる。勇樹の隣に布団を敷いて素早くもぐりこむ。すぐに眠気が訪れてきた。

異様な気配を感じて、うっすらと目を開けたのは、それからどれほどたったころか。理世子の顔を覗きこむようにして、誰かが立っていた。

勇樹だ。勇樹が理世子の寝顔をじっと見つめていた。

「どうしたの、勇樹。何かあったの」

半身を起こした理世子は、何かがいつもと違うことに気づいた。何かが。勇樹の手の先だ。勇樹は何かを握りしめている。

思わず息を飲んだ。

包丁だった。

胸がぎゅっと縮んだ。

「僕はお母さんが、お母さんが大好きだから」

かすれた声でいう勇樹の両目が潤んでいるのがわかった。勇樹は包丁を握りしめながら静かに泣いていた。

天罰という言葉が頭に浮んだ。

「勇樹……」

ぽつりと言葉がもれた。

勇樹が包丁の刃先を立てるのがわかった。

刺されてもいいと思った。

それだけのことを自分はしてきたのだ。

理世子は包丁を握る勇樹の体を、両手を広げてしっかりと抱きしめた。体のどこかに痛みが走ったようだったが気にならなかった。

「勇樹……」

理世子はさらに強く、勇樹を抱きしめた。

ちっぽけな恋

熱すぎるほどのコーヒーだった。

ほんの少し口に含んで、そっと咽《のど》の奥に落しこむ。味はよくわからなかったけど、心地よかった。いい香りが鼻の奥に残った。

「どうですか、うちのコーヒーは」

カウンターの向こうから、低いがやわらかな声が耳を打った。顔をあげると視線があった。優しそうな目に見えたが、『珈琲屋』の主人の行介は人を殺した過去を持っている……町内の誰もが知っていることだった。

「あっ、とてもおいしいです」

上ずった声を千明《ちあき》があげると、

「それは、よかった」

いかつい顔がわずかに微笑んだ。

「ところで、この子は——」

行介の視線が千明の隣に座っている冬子の顔に移る。

「うちの裏手に家がある、杉原《すぎはら》さんのお嬢さん——私とは小さなころからの顔馴染《なじみ》で、ずっと仲よし」

頰《ほお》を緩ませていう冬子の言葉に千明は慌《あわ》てて立ちあがり、

「杉原千明といいます。中学二年生です。冬子おばさんには、いつも仲よくしてもらっています」

行介に向かって腰を折るようにして頭を下げた。

「ああっ、俺はこの店を一人でやっている、宗田行介。年は、そこの冬子おばさんと一緒です」

行介の言葉に冬子がわずかに脹《ふく》れっ面になる。どうやら、おばさんという言葉に対しての反応らしいが、千明は冬子と話すときはいつもこの言葉を使っている。ということは、行介が口にしたことに対する抗議のようだ。千明は口許を綻《ほころ》ばせながら丸椅子に腰をおろす。

「冬子の家の裏手というと、商売のほうは何をやっているんだろう」

考えこむような表情を行介は浮べる。

「千明ちゃんの家はお店じゃなくて、普通の勤め人だから、行ちゃんにはわからないかもしれない。うちにはお客さんとして、昔からよくきてくれてるから」

脹れっ面を引っこめた冬子が答える。

「お父さんは勤め人か。道理でわからないはずだ」

独り言のようにいう行介に、

「あっ、うちはお父さんはいません。五年前に離婚して、今はお母さんと二人暮しです。姉が一人いますけど、二年ほど前に結婚しましたから」

千明は慌てて言葉をつけたした。

「それは、何といったらいいのか。いずれにしても大変だな」

すまなそうな表情を行介が見せる。

「大変は大変だけど、千明ちゃんのお母さんは保育園の先生として働いてるから」

冬子が千明の言葉を補うようにいった。

「そうか、それなら大丈夫だな」

これも独り言のように行介はいう。

「もっとも、お母さんが遅番の日は、千明ちゃんが晩ごはんをつくらなければいけないから、それはそれで大変だけどね。そのおかげで千明ちゃんの料理の腕は主婦並み。確か得意なのはカレーライスだったわよね、千明ちゃん」

冬子の言葉に、はい、とうなずいてから千明は顔を赤らめた。肉と野菜を炒めて、そのなかにカレーのルーを入れるだけのものが、はたして料理といえるものなのか。

「大したもんだな。俺もカレーはよくつくるが、なかなかうまくできない。コツがあったら教えてほしいな」

本当に感心したような声が聞こえた。

「コツっていっても、あれは誰がつくっても、それなりにちゃんとできるはずなんですけど」

千明は少し気恥ずかしい思いでいってから、

「あの、宗田さんは奥さんは、いないんですか」

いくら人を殺したことがあるといっても、それ相応の年齢の男が結婚もしていないとは考えていなかった。

「俺はやってはいけないことをしてしまったから、だからね」

低い声で行介は答えた。

「行ちゃんは頭が固すぎるの。だから意地を張って独り身を通してるの」

ぽつんとした口調で冬子がいった。

表情の奥に何となく悲しげなものが漂っているように感じ、千明は心の奥で、あっと声をあげた。

冬子おばさんはこの人が好きなんだ。

そう確信した。間違いないと思った。だから自分をこの店に連れてきたのではないか。

理由はよくわからなかったけど、そんな気がした。

「俺は別に意地を張っているわけでは……ただ人間として」

千明の思考を破るように、行介がぼそっとした声を出した。

「人間として——とても美しい言葉よね、行ちゃん。でも、私には美しすぎるような気もするけど」

冬子が行介をじっと見つめた。

「それは冬子……」

行介は咽につまったような声を出してから、

「ところで、中学生の千明ちゃんと二人連れとは、考えてみれば妙な取り合せだよな」

話題を変えるようにいった。

「行ちゃんに、用事があってきたのよ。とても大切な用事が」

「冬子と千明ちゃんが？」

「そう、男の人の意見というか、行ちゃんの意見を聞きたくてね」

冬子がよく光る目で行介を見ていた。

やはり冬子はこの人が好きなのだ。

「俺に何の？」

怪訝《けげん》そうな行介の声に、

「恋の悩み」

はっきりした口調で冬子はいった。

いかつい顔に行介が呆気《あっけ》にとられた表情を浮べた。


冬子と別れて一人で家に戻った千明は二階の自室に入り、机の前に座って頬杖《ほおづえ》をつく。

頭にあるのは、今回冬子と一緒に行介の意見を訊《き》きにいった芳樹《よしき》のことだ。

クラスは違っていたが工藤《くどう》芳樹は同じ中学の同学年で、ひょんなことから親しくなった相手だった。

昼休み。運動場に出ていた千明は水飲場で手を洗って教室に戻ろうとしたとき、声をかけられた。

「ハンカチ──」

振り向くと男子生徒が一人立っており、手にハンカチを持って千明に向かって差し出していた。どうやら手を洗ったとき、しまったはずのハンカチが何かの拍子で落ちたらしい。

「あっ、どうもありがとう」

ハンカチを受け取った千明は素直に礼をいったが、どういうわけか語尾が震えた。

「ちょうどハンカチが落ちるところが見えたから。だから、何というか」

男子生徒はつっかえつっかえいってから、

「三組の工藤芳樹」

ぶっきらぼうに、自分の名前をいった。

名乗られたのだから、自分もいわなくてはと口を開きかけると、

「私は――」

「五組の杉原千明だろ」

芳樹のほうが先に声をあげた。

芳樹は耳たぶを真赤に染めていた。

その瞬間、千明も自分の顔が赤くなるのを感じた。このことをきっかけに、二人は急速に仲よくなった。

互いの境遇が似通っているのも、それに拍車をかけた。

千明の家も芳樹の家も同じように離婚家庭だった。千明の家は父親が愛人をつくり、そのために離婚ということになったのだが、芳樹の家も同様で、医療会社の営業をしていた父親が水商売の女性と浮気をしているのがわかって離婚。

たったひとつ違うのは、千明の家は父親が一人で愛人の許《もと》に行ったが、芳樹の家では母親が出ていき、芳樹と父親が残されたという点だ。

「私はこれから新しい人生を歩むから、そのためには芳樹は――」

そのとき母親はこういったそうだが、あるいはこれが夫に対する精一杯の抵抗だったのかもしれない。

その後、芳樹の父親は浮気相手とも別れ、千明の家と同様、親一人子一人の生活が始まった。これが三年前のことだった。

芳樹の件で問題がおきたのは、ひと月ほど前のことである。

その日、千明は仲よくなった芳樹を家に連れてきて母親の隆子《たかこ》に紹介した。最初はクッキーを出したりジュースを出したりして機嫌よく話をしていたが、しばらくすると顔色が変ってきた。

「芳樹君の家も、うちと同じで離婚家庭なんだよ」

と千明がいい、詳細を話し始めたときだった。

「私はちょっと用事があるから」

話が終ったとき、母はかすれた声でこういい、さっさと部屋から出ていった。変だとは思ったが、千明はそのまま芳樹と話をつづけ、一時間ほどして芳樹は帰っていった。

その直後、千明に母はこんなことをいった。

「あの子との、おつきあいはやめなさい」

何が何だかわからなかった。

「えっ、なんでなの。お母さんだって最初は楽しそうに話をしてたじゃない。途中からいなくなってしまったけど」

口を尖らせていう千明に、

「離婚家庭の子だから」

母は意外な言葉を口にした。

「離婚家庭って——うちだってそうじゃない。同じなんだから、いいじゃない。何が駄目っていうのよ」

思わず声を荒げた。母のいい分は、きわめて自分勝手に聞こえた。

「うちとは根本的に違うわ」

「何が違うのよ。私には同じように見えるけど」

「うちはお父さんが愛人をつくって出ていき、向こうも同じようにお父さんが浮気をして離婚になったけど、奥さんは出ていくとき芳樹君を連れていかなかった。まったく違うじゃない」

何をいいたいのかわからなかった。

「つまりね、千明」

睨《にら》みつけるように母は千明を見た。

「私の場合はまったく悪いところはないけど、あの子の家の場合は、お父さんもお母さんもよくないってこと」

「お父さんはわかるけど、芳樹君のお母さんは」

怪訝な声をあげる千明に、

「普通、子供は母親が連れていくでしょ。それを、どんな理由があるにしろ、父親に押しつけて自分だけが出ていくなんて、私には到底理解できない。そんな両親を持った子供と、おつきあいさせるわけにはいきません」

一理あるようにも聞こえたが、屁理屈にも聞こえた。

「そういうことだから、わかったわね」

有無をいわさぬいい方だった。

母は芳樹との交際を完全に禁じた。

そして今日、千明は思いきって『辻井』を訪れ、冬子にこのことを相談したのだ。

「近親憎悪かもしれない。境遇が似ているから、自分たちを見ているようで腹が立って」

冬子はこんなことをいった。

「芳樹君のお母さんの件は?」

と、たたみかけるように訊くと、

「千明ちゃんのいうように、一理あるといえばそうだし、屁理屈といえばそうともいえるし――ひょっとして羨《うらや》ましさのようなものかもしれないし」

「羨ましさって?」

「それはつまり、何といったらいいのかしら。芳樹君をお父さんに押しつけたお母さんは、自分の思い通りに動けるというか」

思案顔で冬子はいった。

「あっ」

千明は胸の奥で小さく叫んだ。

そういう考え方もあったのだ。親にとって子供が重荷という場合もあることが。千明にとって新鮮な驚きだったが、悲しい驚きでもあった。芳樹とつきあうなといわれたときから、千明は何となく母親とは距離を置いてきたが、今日からはそれをやめようと思った。

「ごめんね。極端なことをいって。これはひょっとしてということだから、千明ちゃんのお母さんにはあてはまらないと私は思っているけど」

申しわけなさそうにいう冬子に、

「はい、わかってます」

と千明は素直にうなずいた。

このあとしばらく善後策を話し合ったが結論は出なかった。

「そうだ、千明ちゃん。コーヒーでも飲みに行こうか、おいしいコーヒー。ついでに、そこのマスターに意見を訊いてみよ。男はこういうとき、どう思うかを」

こうして千明は珈琲屋に連れてこられたのだ。


「人を殺したことがあるのに、あの目は……」

机に頬杖をつきながら、呟《つぶや》くように千明は口に出す。

行介の目は優しさに溢《あふ》れた、柔和な光をたたえていた。あの目はいったい、と考えてから母親の目を千明は思い出した。

芳樹の件があってから、母の表情が何となく暗くなったような気がした。特に目だった。目の奥に険があった。以前には見られないものだった。

ふっと小さな溜息をついて、千明は珈琲屋でのやりとりを思い出す。

意見を求められた行介は、

「どうしたらいいのかと、訊かれてもなあ」

宙を睨んで太い腕をくんだ。

困っている様子がありありとわかった。

「千明ちゃんは、その芳樹君という生徒と、これからも本気でつきあっていきたいということなんだね」

念を押すようにいった。

「はい。そのつもりです」

千明はうなずく。

「女性は理屈で物をいっても聞く耳をもたないだろうから、残る方法は二つだけということになるな」

「二つもあるの？」

驚いた声を出す冬子に、

「あることはあるけど、男の俺が考えることだから、しれたもんだとは思うけど」

行介は照れたような表情を浮べる。

「まずひとつは、お母さんには内緒で芳樹君とつきあいつづける」

とたんに冬子の顔に失望の色が浮び、

「もうひとつは——」

催促するようにいった。

「いってもわからないなら、行動に移すしかないんじゃないか」

行介がくんでいた腕に力をいれた。

「行動って、どういうことですか」

千明は身を乗り出した。

「何をやるかは、こういうことに疎《うと》い俺にはわからん。とにかく、お母さんが聞く耳を持たないということになれば行動に移すという荒療治しかないような気がするな」

「行動か、男と女の……」

呟くように冬子がいった。

「行動といっても、そのなんだ、どういったらいいのか、子供をつくるとかそういうことではなく、あくまでも中学生らしいというか、まあ、そういうことだと思うが」

いいづらそうに行介はいい、口許に節くれ立った手をやった。

「たまにはいいこというね、行ちゃんも。私もそんな気がする。いっても駄目なら行動するしかないかもしれない。うん、多分それしかない」

冬子は盛んにうなずきを繰り返し、顔中で笑った。

綺麗《きれい》だな。

冬子の横顔を見ながら千明はふと思った。

昔から見慣れていて、そんなことは気にもしなかったが冬子はそういう女性なのだ。母と年は五つほどしか違わないのにと考えてから、やはり好きな人がいると輝きが違うんだと結論づけて行介のほうを見ると、こっちは仏頂面《ぶっちょうづら》だった。

「で、行ちゃんはどうすればいいと思うの」

よく通る声で冬子がいった。

「それはさっきもいったように、男の俺にはよくわからない。ただ、くどいようだけど、あくまでも中学生らしい——」

冬子のよく通る声とは対照的に、行介はぼそぼそと答えた。

「ふうん——まあ、そこまで考えれば行ちゃんとしたら上出来ということで、許してやってもいいけどさ」

冬子は男の子のようないい方をして、

「千明ちゃん、中学生らしい、男と女の行動って何があるのかなあ」

千明の顔を正面から見た。

「考えてみます。どんなことをしたらいいのか、よく考えてみます」

力強くうなずく千明に、

「いいなあ、若いって。ねえ、行ちゃん」

冬子はちらりと行介に視線をやった。

行介は相変らず仏頂面のままだ。

「中学生らしいっていう言葉を取れば、男と女の行動っていろいろあるのにね。そう思わない、行ちゃん」

冬子は宙を睨みつけてから、小さな吐息をひとつもらした。

千明の家は一軒家だが、芳樹のところは七階建てのマンションで、部屋は最上階にあった。

「やっぱり綺麗だね。ここから周りを見渡すと」

窓から外の景色を見ながら千明がいうと、

「見慣れると、どってことないよ。それより僕には千明のほうがよほど綺麗だよ」

ベッドの端に腰をかけた芳樹が照れ笑いを浮べながらいう。父親は会社なので部屋にいるのは二人だけである。

「へえっ。でも、見慣れると私の顔も、どってことなくなるんじゃないの」

意地の悪いことをいってやると、

「そんなことないよ。千明を見慣れることなんて絶対ないよ。いつだって千明は綺麗で可愛いよ」

むきになったようにいう芳樹の言葉を心地よく聴きながら、自分も前より美しくなってるかもしれないと千明はふと思う。

同時に冬子の顔が浮びあがる。綺麗さではやはり負けると思った。でも向こうは大人だから、自分だってあと数年すればと弁解じみたことを考え、冬子と行介はどれぐらい好きあってるんだろうかと余分なことまで推測する。

「どうしたんだよ、千明。黙りこくっちゃってさ。早くここにきて座れよ」

芳樹がじれたような声を出す。

千明はいわれるまま窓際から離れ、芳樹の隣に座る。

すぐに手が伸びてきて肩を抱きしめられ、唇を押しつけられた。でもここまでだ。クラスのなかには最後までいっている女子もいるけど、千明にはそんなつもりはまったくない。許すのはキスだけ。それも小鳥のような唇を軽く合せるだけのキスだ。千明はそれだけで充分に幸せだった。

ふいに芳樹の腕に力がこもり、強引に唇をこじあけられそうになった。

「駄目っ」

すぐに唇を離して睨みつけた。

「ごめん、つい」

赤い顔をして芳樹がぺこりと頭を下げた。

「私たちは中学生なんだから、やっていいのはここまで。それ以上変なことをしたら」

ぷつんと言葉を切った。

「別れるからね」

強い口調でいった。

とたんに芳樹の体から力が抜け、一回りぐらい小さくなったように見えた。

「ごめん、本当にごめん。もう変なことは絶対にしないからさ」

哀願するような声をあげた。

可愛いなと、ふと思った。

「それなら許してあげる。でも、絶対だよ、芳樹君」

今度はいたわるような声をかける。

「うん」

と芳樹が素直にうなずく。

「そんなことより、行動に移すってこと、ちゃんと考えてくれた？　うちのお母さんを納得させる」

「考えてみたよ。ちゃんと考えて、いいアイデアを思いついたんだ」

得意げに芳樹は薄い胸を張った。

「えっ、何。どんなことなの。早く話して、早く！」

たたみかけるように千明はいった。

正直なところ、まったくあてにはしていなかった。自分もまだ子供だが、芳樹はそれ以上に子供に見えた。相談するだけ無駄だと思っていた。

「千明のお母さんとさ」

「うん」

「うちのお父さんを会わせる」

何がいいたいのか、よくわからない。

「会わせて、どうするの」

「お見合いさせる。そうして結婚すれば、僕と千明はいつも一緒にいられる。どう、いいアイデアだろう」

芳樹は顔中を綻ばせて笑った。

「あのね、芳樹君。そんなこと、まず無理なんじゃないの。中年の男と女をいきなり会わせて、さあ結婚しなさいっていったって、うまくいくはずがないじゃない」

芳樹の笑顔を見ながら、あまりの幼い考えに千明は呆《あき》れた。

「そうかなあ。お互いに相手がいないんだから、けっこううまくいくような気もするんだけどなあ」

首を傾《かし》げながら芳樹はいう。

「それに、もしうちのお母さんと芳樹君のお父さんが結婚したとしたら、私と芳樹君は家族になっちゃうんだよ。家族になったら、キスもできないし、抱きあうこともできないし、それに――」

いいかけて千明は口をつぐんだ。

そういう場合、本当に結婚はできないんだろうかと考えて愕然《がくぜん》とした。芳樹を対象にして結婚という言葉が浮かんだのが驚きだった。たとえ、仮の話としてもだ。

「それに、何さ」

怪訝な表情で芳樹が千明を窺《うかが》っていた。

「それに、うちのお母さんはけっこう面食いだから。相手が芳樹君のお父さんでは、多分納得しないと思う。つまり、いいアイデアかもしれないけど、無理だってこと」

はっきりした口調でいった。

「そうかなあ、無理かなあ。うちのお父さん、それほど悪い顔だとは思えないし……でも家族になって、キスもできなくなったら嫌だから、いいけどね」

芳樹はあっさり自分の意見を引っこめた。

そういう千明もいろいろ考えてみたのだが、いいアイデアなどさっぱり出なくて焦っているのも確かだった。

「あのさあ、やっぱり子供をつくるぐらいしか、いい考えは――」

と、ぼそっという芳樹の言葉が終らぬうちに、

「莫迦《ばか》っ」

千明は本気になって怒鳴りつけた。

すぐに芳樹の体が小さく縮んだ。

「ごめん。いやらしい意味でいったわけじゃ絶対ないから。本当にそれぐらいしか方法はないような気がして」

蚊の鳴くような声でいった。

千明自身もそう考えたことはあった。

しかし、実際問題として、そんなことになれば大騒動になるのはわかりきっていた。できるはずがなかった。それに珈琲屋の行介は中学生らしい行動といった。千明はそれを守りたかった。

そんなことを考えていたら、ふいに行介に会いたい衝動に駆られた。

「芳樹君、これから珈琲屋に行ってみない。あそこのマスターを見てると何となく落ちつくようなかんじで、いいアイデアが浮ぶかもしれないから」

理由はわからなかったが、行介に芳樹を会わせたいとも思った。

「珈琲屋って、あの、人を殺したことのあるマスターの店だろ」

怯《おび》えたような声を出す芳樹に、

「芳樹君、男の子でしょ」

千明は芳樹の背中をどんと突いた。

木製の扉の前で芳樹は足を止めた。

何となく入るのをためらっている様子だ。

「どうしたのよ。何をそんなところで突っ立ってるのよ」

咎《とが》めるように千明がいうと、

「何となく怖そうでさ。やっぱり、その、人を殺した人の店だからさ」

かすれた声で芳樹は答えた。

「そういうことがあったのはずっと昔だし、それにちゃんとそのことについては罪を償ってきてるし」

いいながら千明は、芳樹をこの店に連れてきた訳がわかったような気がした。

芳樹は軟弱なのだ。中学二年にしては考え方も幼いし、体も貧弱だ。気迫とか覇気という言葉は芳樹にとっては無縁のもので、人間としての逞《たくま》しさに欠けている。取柄《とりえ》は優しさだったが、それだけでは困る。だから、この店に……。

「入るよ、芳樹君」

ぶつけるようにいって、千明は木製の扉を勢いよく押した。鈴が大きな音を立てて鳴った。

客は奥のテーブル席にカップルが一組いるだけで他にはいない。千明は芳樹を振り返りもせずに、真直ぐカウンター席に向かって歩いた。

「おや、こんにちは、千明ちゃん」

丸椅子にすべりこむようにして座る千明に、行介が驚いたような声をかけた。驚きの原因は多分、後ろの芳樹だ。

「こんにちは。ここのコーヒーが急に飲みたくなって、それで」

上ずった声が出た。が、無理もない。千明にしてもこの店はまだ二度目なのだ。それに、以前きたときは隣に冬子がいた。しかし今日いるのは——と視線を向けるが、隣に芳樹はいない。振り返ってみると、すぐ後ろで困ったような表情で突っ立っていた。

「何してるの、さっさと座りなさいよ」

千明は怒鳴るようにいって丸椅子を叩いた。むしょうに腹が立ってきた。

慌てて芳樹は千明の隣に座りこんだ。

「ほら、挨拶して」

「あっ、工藤芳樹です。千明とは同じ中学の友達です」

蚊の鳴くような声だった。

「友達じゃないでしょ」

「あっ、そうです。恋人同士です」

千明は少し情けなくなってきた。

「恋人同士か——いい言葉だな。中学生で恋人同士か。知らない間に、そういう時代になったんだな」

自分にいい聞かすように行介はいった。

「おじさんたちの時代は、そういうことはなかったんですか」

「なかったな。恋人同士という言葉は、もう少し大人になってからだった」

羨ましそうな口調に聞こえた。

「ところで、ブレンドコーヒーでいいのかな」

行介は二人を交互に見ていった。

「はい、それでお願いします。それでいいんだよね、芳樹君」

じろりと隣を睨んだ。

「あっ、うん」

芳樹はこくんとうなずく。

「芳樹君は、おとなしいんだな」

アルコールランプに火をつけながらいう行介に、

「おとなしいというより、軟弱なんです。男のくせに。だからここへ連れてきたんです。おじさんと話をしたら、少しはそれが直るかと思って」

千明は一気にいった。

行介の顔に、淋しさのようなものが走ってすぐに消えた。行介は無言でサイフォンをセットし、ランプの炎を見つめた。

「軟弱はいかんな」

しばらくしてから、ぽつりといった。

「そうですよね、駄目ですよね」

ほっとした思いで千明はいい、芳樹の脇腹を肘でついた。

「何だよ……」

小さな声で芳樹が抗議の声をあげた。

「何だよじゃないわよ。軟弱だっていってるのよ」

「そうかもしれないけど、それでもちゃんと生きていけるから」

「生きていけるかもしれないけど――じゃあ、芳樹君と一緒のとき、私が変な男にからまれたらどうするつもりなの」

何だか話が妙な方向にそれていた。

「声をあげて、誰かに助けを呼ぶよ」

むきになったように芳樹がいった。

「周りに誰もいなかったら、どうするのよ」

「もっと、もっと、大声をあげて助けを呼ぶよ」

「周りに人がいなかったら、どんな大きな声で叫んでもしょうがないじゃない」

千明もむきになっていった。

「しょうがないかもしれないけど、それでも僕は助けを呼びつづけるよ」

沈んだ声で芳樹はいった。

「その間に、私が連れて行かれたらどうするのよ」

「それは……」

芳樹は絶句してうつむいた。

「なんで、芳樹君は自分で助けようとしないで、人を頼るのよ。ワンクッションおこうとするのよ。逃げようとするのよ」

「何とかしようと思ったって、僕は喧嘩《けんか》に弱いから、そんなこと無理だから」

「たとえそうでも、やってみようという気はおきないの。そんなことだから、私たちのつきあいを認めてもらえないのよ」

いっているうちに千明は、つきあいをとめられてから芳樹が一度も母の隆子に会っていないことに気がついた。つまり芳樹は母に対して弁明しようとする気持さえ持ってないのだ。まだ中学生だから仕方がないともいえたが……。

どんどん腹が立ってきた。

「それとこれとは、全然別の話じゃないか。話を混ぜるなよ」

「根本は同じじよ。芳樹君が軟弱だから駄目なのよ。いつだって逃げ腰なんだから」

吐きすてるようにいった。

「そんなこと――」

と芳樹が頼りない声をあげたとき、

「どうぞ。熱いから気をつけて」

カウンターに二人分のコーヒーが置かれた。

「あっ、どうもありがとうございます」

思わず頭を下げる千明に倣《なら》うように、芳樹もわずかに頭を下げた。

早速手を伸ばしてカップに添えた。

ちらりと隣を見ると、芳樹もカップに手を伸ばしているのがわかった。

砂糖とミルクを入れ、ゆっくりと口に運んだ。

いい香りとともに、口に温かなものが広がっていった。熱かったが奇妙に温かさのようなものを感じた。いろいろなものがほぐされていく思いだった。

「ごめん、いいすぎた」

こんな言葉が口から出た。

「僕のほうこそ」

芳樹もカップを口から離し、

「軟弱でごめん。これからは、千明を守ることができるように頑張るよ。何に頑張ったらいいのかわからないけど」

照れたようにいった。

「そうよね。何に頑張ったらいいのかわからないけど、とにかく二人で頑張ろ」

もう一口飲んで千明はいった。

「素直でいいな、若いというのは」

二人の様子を見ていた行介が、しみじみとした口調でいった。

その言葉が終るか終らないうちに扉の上の鈴が鳴った。

新しい客が入ってきたのだろう。そう考えていると、後ろから「千明ちゃん！」と声がかかった。

振り向くと驚いたような表情の冬子が立っていた。

「こんにちは、冬子さん」

立ちあがってていねいに頭を下げると、

「この子が千明ちゃんの？」

冬子が嬉しそうな声を出した。

芳樹も立ちあがり、

「工藤芳樹です。お話はいつも千明から聞いてます」

膝につくほど頭を下げた。

「こちらこそ、よろしくね」

冬子も頭を下げて千明の隣に座りこむ。

すぐに行介がサイフォンをセットして、アルコールランプに火をつける。ぴったり息があっている様子に、やっぱりこの二人は好きあっているんだと千明は確信した。

「そうか、君が芳樹君か」

冬子はカウンターに身を乗り出して、芳樹を見ながら楽しそうな口調でいった。

「感想はどうですか」

思いきって千明は訊いてみた。

「そうね。顔は可愛いけど、難点は軟弱っぽいというところかな」

とたんに千明は自分の顔が綻ぶのがわかった。行介を見ると、何だか笑いを噛み殺しているようだ。肝心の芳樹は、赤い顔をしてうつむいていた。

「えっ、何か私、変なことといった？」

怪訝な表情を浮べる冬子に、これまでの経緯を行介がざっと話して聞かせた。

「そういうことなんだ」

冬子はおかしそうにいい、

「でも、男としたら、そばにいる女の子ぐらいは最低限守ってあげないとね。たとえ、自分がぼろぼろにされてもね。私もそう思うわ。ねっ、芳樹君」

念を押すように芳樹の顔を見た。

「はい、まあ……」

かすれた声で答える芳樹の言葉にかぶせるように、

「その点、ここのマスターと一緒なら安心ですよね。どう見ても強そうだし、実際に強いだろうし」

いってから千明はふいに口を閉じた。あやうく、いってはいけない言葉を口に出すところだった。

「そうね。千明ちゃんのいう通り、その点だけは行ちゃんは安心よね。あとは駄目だけどね」

打てば響くように冬子がいった。

「あとは駄目って、それは?」

千明の胸は好奇心で一杯になった。

「熱いから、気をつけてな、冬子」

カウンターの上に冬子の分のコーヒーが置かれて、その答えは聞けなくなった。冬子は、大事なものを扱うように両手でカップをつつみこんだ。ゆっくりと口に運んで、ほっと小さな吐息をもらした。二人はこのコーヒー一杯で心が通じあっている。そんな気がした。

「私、きめました」

宣言するように千明はいった。

「きめたって、何を?」

カップを口から離して、冬子が千明の顔を見た。

「芳樹君とつきあうことをお母さんに許してもらうために、どんなことをしたらいいかってこと」

芳樹が覗きこむように顔を見てきた。

「何をするつもりなの？」

カップをそっと、冬子は皿に戻した。

「家出します」

はっきりした口調でいった。

「家出！」

驚いた声をあげる冬子に、

「はい。お母さんに私が本気だってことを見せてやります」

「それはわかるけど、いきなり家出って、ちょっとやりすぎじゃない」

「心配しないでください。ほんの数時間のプチ家出ですから」

呆気にとられたような表情を冬子が浮べた。

「書き置きをして家を出れば、立派な家出ですから。もちろん、その日の夜遅くには戻ってくるつもりです」

「なるほどなあ」

と口を開く行介の顔を見て、

「でも、それではインパクトが弱すぎますから、マスターを利用してもいいですか」

千明はすがる思いで目を向けた。

「俺を利用？」

「はい。その日の夜、ここにお母さんを呼んで一気に片をつけようと……そのためには書き置きにマスターの名前を書いておけばいいと思って」

「行ちゃんの名前を？」

訝《いぶか》しげな声を冬子があげる。

「書き置きの内容は――」

千明はちょっと宙を睨んでから、

「少し家を出ます。詳しいことは珈琲屋のマスターの宗田さんに訊いてください――というような。そうすれば、お母さんはここへ飛んでくるはずです。そうしたら――経緯は聞いてる、思いつめた顔で出ていった、でも今夜中にはこの店に戻るといっていた、と伝えてもらえれば嬉しいんですけど」

「そして、ここで一気に片をつけるってことか」

叫ぶようにいう冬子に、

「家に戻るだけなら、怒られて終わるだけだけど、他人を巻きこめば、事の重大性はうんと増すと思うし、場所が変ればいつものパターンは避けられると思うから」

千明は大人びた口調でいった。

「すごいな千明ちゃんは。中学生なのに、そこまでいろいろ考えてるんだ」

冬子が感心したような声をあげて、行介を見た。

「それで、行ちゃんはどうするの？」

「俺は別にいいよ。どう利用してもらっても、それで丸く収まるのなら」

何でもないことのようにいった。

「ありがとうございます」

千明は立ちあがって思いきり頭を下げ、

「多分、この店に帰ってくるのは閉店過ぎになると思いますけど」

申し訳なさそうにいった。

「そんなことは気にしなくていい。俺はどうせ独り身だから、それほど迷惑にはならない」

「すみません。それから、もし、お母さんが早めにここにきたら、本当のことを話しておいてください。今度の家出が計画的だということを除けば、何を話してくれてもいいですから。私と芳樹君は好きあってますから」

「じゃあ、家出はするけど千明ちゃんは夜遅くまでどこかに隠れていて、それからこの店にくるっていうことなのね」

冬子が何気なくいうと、

「いえ、違います。家出は本当にします。そうでないと嘘《うそ》になってしまいますから。それだけは嫌なんです」

千明はきっぱりといった。

「律義なんだ、千明ちゃんは」

心底驚いた表情を冬子は浮べる。

「じゃあ、その家出の間は、どこに行くつもりなの」

「新宿のアルタ前から歌舞伎町にでも行ってみようと考えています」

「千明ちゃん、一人で歌舞伎町に行くっていうの。女の子一人で、あそこはちょっとまずいんじゃないの」

「まずいかもしれないけど、いちおう家出ですから、それなりの危険は覚悟しておかないと——」

いってから、ちらりと芳樹の顔に目をやった。祈るような気持だった。

「それなら僕も行くよ。千明一人であんなところに行かせるのは心配だから」

小さな声だったが芳樹ははっきりいった。

「ふうん、芳樹君も行ってくれるんだ」

実をいうと千明はこの言葉を待っていたのだ。一人で歌舞伎町に行くのが心配だということもあったが、事は千明と芳樹、二人の問題なのだ。ここまで口にして、それでも芳樹が何もいわなかったら――。

そのときはいくら芳樹のことを好きでも、もう一度じっくり考え直そうと思っていた。つまり、千明にとってこれは、最初から芳樹を加えた二人の計画のつもりだった。

それにもうひとつ、千明には別の目論見《もくろみ》があった。もし、夜の歌舞伎町で変な男たちにからまれたら、そのとき芳樹はいったいどんな行動をとるのか。危ない目論見だったが知りたかった。本当に自分を守ってくれるのか。芳樹の本音が知りたかった。

「じゃあ、家出じゃなくて、駆落ちってことになるんじゃない。もちろん、プチってことには変りはないけど」

冬子がはしゃいだ声をあげた。目が輝いているように見えた。

「僕も書き置きしたほうがいいかな」

ぽつりと芳樹がいった。

「芳樹君はいいわよ。別に家で反対されてるわけじゃないから。それに下手なことを書いて、この店で芳樹君のお父さんと私のお母さんが、いきなり会ったらどんなことになるか想像できないし」

そういってから千明は少し考えこむ。

「でも、この際だから二人も会わせてしまったほうがいいかもしれない……といって二人だけで会わせるわけにはいかないから、私たちがこの店にきてから呼んだほうがいいと思う。うん、そうしよう。それがいちばんいいみたい」

千明は一人でうなずいてから、策略ばかり巡らせる自分は嫌な女なのかもしれないと、ふと思った。

「あの、冬子おばさん。ひとつ訊きたいことがあるんですけど」

くぐもった声を出した。

「こんな、いろんなことをあれこれ考えて行動するなんて、私って嫌な女なんでしょうか」

即座に冬子は首を振った。

「そんなことない。女としたら当然のこと。それに応えてくれる相手がいるんだから、それぐらいのことは当然。女なら誰でもすることだから心配はいらない。千明ちゃんは嫌な女なんかじゃないわ」

冬子はいって、行介をちらりと見た。

「ありがとうございます。それを聞いて安心しました」

ほっとした千明の声にかぶせるように、

「すごいね、行ちゃん。近頃の若い人は」

冬子が抑揚のない声でいった。

「そうだな」

行介は短く答え、

「で、いつするつもりなんだ」

千明に向かっていった。

「できれば明日。明日の夜はお母さん遅番で、家に帰ってくるのは九時頃だから。早い時間にわかっちゃうより、そのほうがいいと思って」

「そうか、わかった。明日の夜だな」

うなずく行介に、

「何だか羨ましい……」

ぽつりと冬子が口にした。

「あの、マスターと冬子さんて」

千明は二人の顔を交互に見た。

「本当は恋人同士なんですよね」

思いきっていってみた。

すぐに行介が口を開いた。

「俺たちは小学生のころからの幼馴染だよ」

行介の言葉に冬子がカウンターに視線を落した。

大人は素直じゃない──。

千明は痛切にそう感じた。

夜の十一時を回っている。

千明と芳樹は二人並んで、駅前から商店街の前を通って珈琲屋に向かって歩いている。新宿からのプチ家出の帰りだった。

この日──。

二人は夕方の五時頃に待ち合わせて総武線に乗った。新宿までは一本で、約三十分ほどの時間である。アルタの辺りをぶらつき、ラーメンを食べた。このあとは歌舞伎町界隈を歩くつもりだった。

「どこへ行く」

と訊いてくる芳樹に、

「ゲーセンにでも、入ってみようか」

千明はこう答え、雑踏をかきわけて派手な看板のゲームセンターに二人で入った。

一時間ほどゲームに興じた。

そろそろ出ようかと考えたとき、千明と芳樹の前に三人の若い男が立ち塞《ふさ》がった。千明の胸がどんと鳴った。考えた通りの展開になりつつあるのだ。

「ねえちゃん、いくつ」

男の一人がいった。高校生ぐらいの年頃だったが、鼻にピアスをつけ、髪は赤茶色に染めている。

「高校一年――」

水増しして答えた。

「ふうん、それにしては中坊っぽく見えるけど、まあいいか」

こっちの男は、なんと髪を緑色に染めていた。

「俺たちと遊ぼうか、いいことして。そのかんじでは、まだ男とやったことないんだろ。三人で、しっかり可愛がってやるからさ。そっちの兄ちゃんは、いかにも頼りなさそうだしな」

もう一人の髪は黒く、一見まともそうに見えたが、薬でもやっているのか目つきがおかしかった。

「私は別にそんなことは……」

望んでいた展開だったが、頭のなかで考えることと実際とはまったく違う。足が震えて、顔が引きつるのがわかった。下腹のあたりが氷をあてたように冷えていた。正直いって怖かった。

「じゃあ、行こうか」

ピアスの男が千明の肩を抱いた。

思わずはねのけた。

咽がからからに渇いていた。

くるんじゃなかったと思った。

「もう、濡れてんじゃないのか」

目つきのおかしい男が、いきなり右手を伸ばして、ジーンズの上から千明の股間を触ってきた。が、叫び声も出なかった。声帯が麻痺《まひ》しているようなかんじだった。

「おとなしく触らせてるということは、その気なんだな」

嫌な表情で男が笑った。

そのとき変化がおきた。

それまで黙っていた芳樹が、大きな叫び声をあげた。声をあげながら千明の股間に手を伸ばしている男にぶつかっていった。運よくというか、芳樹の頭がその男の鼻っ柱にあたった。男はうめき声をあげて、その場にしゃがみこんだ。

「千明、逃げろ」

と叫ぶ芳樹に、二人の男が殴りかかった。芳樹は簡単に床に転がされた。

「千明、早く逃げろ」

転がされたまま、また芳樹が叫んだ。そして跳ね起きると奇抜な行動に出た。千明を店の外のほうに向かって押し出してから、急に泣き出したのだ。

それもものすごい声で、むろん、泣きまねではない。芳樹は本当に両方の目から大粒の涙を流して泣きわめいた。

その様子を横目で見ながら、千明は外に向かって早足で歩いた。表に出て近くの店の看板の陰に身をひそめていると、少しして泣き声と一緒に芳樹が出てきた。後ろから追ってくる者は誰もいなかった。ほっとした。

泣きじゃくる芳樹の体を抱いて、二人はもつれるようにしながら近くのハンバーガー屋に入った。芳樹は洟《はな》をすすりながら、しゃくりあげている。

「ごめん、千明のあそこに、あんなことさせちゃって」

「大丈夫。ジーンズの上からだったから、何にも感じなかった」

慰めるように千明はいった。

「もっと早くに何とかしようと思ったけど、体が固まっちゃって動かなかった。本当にごめん」

「充分よ、充分。私を守ってくれてありがとう」

真底そう思った。芳樹に感謝した。

「だけど僕、あんなところで泣きわめいて。本当はもっと格好よくやらないと駄目だったんだろうけど」

「そんなことない。すごく格好よかった。芳樹君があの戦法をつかったから、向こうもびっくりして追ってこなかったんだと思う。大成功」

戦法という言葉を千明は使った。

芳樹の顔を見ると、目の周りが薄く黒くなっているのがわかった。殴られた痕だ。パンダのようだったけど、すごく格好いいと千明は思った。


珈琲屋が見えてきた。

千明は下腹に力をいれた。

これからが本番なのだ。負けるわけにはいかなかった。

「珈琲屋に入ったら、店の電話で家に連絡して、お父さんにくるようにいって。わかった、芳樹君」

二人はまだケータイを持っていない。

『本日は閉店しました』と書かれた札の下がった扉を押すと鍵はかかってなく、すんなり開いた。灯りがついているのは、カウンターの周囲だけだ。カウンターには母の隆子が強張《こわば》った顔をして座っていた。それに、冬子もいた。行介はカウンターのなかだ。

「千明っ」

すぐに母が立ちあがった。

それが合図のように冬子も立ちあがり、カウンターのなかに入った。千明は母の隣にひっそりと座る。電話をかけ終えた芳樹が千明の隣に腰をおろす。

「なんでこんなことをしたのよ」

母が吠えるような声を出した。

「お母さんがあんまり自分勝手だから、私たちの真剣さを知ってもらうために仕方なく」

きちんとした口調で千明は答えた。

「仕方なくっていったって――」

といいながら芳樹の顔に目をやった母は、うめくような声をあげた。

「その顔は――何があったの」

母の問いに歌舞伎町であったことを千明は正直に話した。

「そんなことが……家出なんかするからそんなことになるのよ」

母はなじるようにいった。

「でも、芳樹君は私を守ってくれた。少し無様だったけど、自分を犠牲にして私を守ってくれたわ。お母さんがいうように、いいかげんな人だったら、とてもできないことだと思うわ」

芳樹の目の周りに痣《あざ》が残っていて本当によかったと、このとき千明は思った。そして、冬子はああいったけど、自分は本当のところ嫌な女なのかもしれないと、ふと感じた。

「それは」

千明の言葉に母は短く答えただけで、それ以上は何もいわなかった。

「だから、許してよ。私と芳樹君のことを。屁理屈みたいな勝手なことをいわないで、気持よく許してよ」

強い口調で千明はいった。母はカウンターに視線を落し、無言のままだった。

「お母さん」

カウンターのなかの冬子がやわらかくいった。

「差し出がましいようですけど、千明ちゃんと芳樹君は何も結婚したいっていってるわけじゃないですし、中学生としてつきあいたいってだけですから、ここのところは何とか許してあげませんか」

千明が視線を向けると、母は顔をあげて、

「あなたたちに、夫に裏切られた女の気持なんてわかりませんよ。永年連れ添ってきた夫に……」

湿った声でいった。

「それはそうですけど、千明ちゃんや芳樹君は私たちと違ってまだ子供ですから、そういうどろどろしたものは、ここでは……」

冬子の言葉に、また母は視線を落した。

「ちょっと聞いてくれますか」

行介が声をあげた。

「好きになった者同士を力ずくで別れさせようとしても、俺は無理だと思います。たとえ一時は別れたとしても、すぐにまたお互いにくっついていくはずです。人と人、男と女の愛なんてものは――」

行介はこほんと空咳《からぜき》をひとつしてから、

「力ずくではどうしようもできない、この世の中で唯一無二のものだと俺は思っています。だから無理なんです、いくら力ずくで別れさせようとしても。ここは二人の気持にまかせておいたら、どうでしょうか。つきあうも二人の気持、別れるも二人の気持。これぱかりは、本人以外の気持が入りこむ隙などないんじゃないですか」

嚙《か》んで含めるようにいった。

「それは、そうなんでしょうけど」

ぼそりとした声をあげて、母がちらりと自分と芳樹の顔を見た。

「そうですよ。たとえ一時は別れたとしても、すぐにまたお互いにくっつくはずなんです。一時は別れたとしても……」

冬子だった。

いいながら冬子は、隣の行介の顔を凝視するように見ていた。

「わかってはいるんですが」

弱々しい声を母があげたとき、扉の鈴が鳴った。

「おい、どうしたんだ、芳樹。家にいてもなかなか帰ってこないし、こんなところに呼び出したりして。いったい何があったっていうんだ」

千明が初めて見る芳樹の父親は、顔こそ月並みだったが背が高くてスタイルもよく、薄明りのなかではかなり見映えがした。

「あっ、これは。みなさんお集まりになって、今日は何事なんでしょうか」

カウンターに並ぶ面々を見て素頓狂な声を芳樹の父親はあげた。どうやら、一連の出来事を芳樹から何も聞かされていないらしい。

「ひょっとして、千明さんのお母さんの隆子さんでいらっしゃいますか。私、芳樹の父親で和芳《かずよし》と申します。いつも芳樹がお世話になり、ありがとうございます」

母の前にきて深々と頭を下げた。

「いえ、それは何といったら」

慌てて立ちあがって挨拶をする母の顔を、芳樹の父親が驚いたように見た。

「これは話には聞いてましたが、それ以上にお美しいですなあ。本当にお綺麗で……いや、初対面ですのにいきなりすみません」

嘘でもないような口調でいった。

とたんに、母の両耳が赤く染まるのを千明は確かに見た。

「ところで、今日の集まりは」

遠慮がちに訊く和芳に、

「何でもないんですよ。たまにはみんなで集まって、コーヒーでもと……そんな他愛のない集まりなんですよ」

母の口調ががらりと変っていた。

母を変えたのは、愛する気持は力ずくでは変えられないといった行介の言葉なのか、それとも芳樹の父親のいった称賛の言葉なのか。はっきりとはわからなかったが、どう考えても後者のほうが……となると、いったい。

「じゃあ、みなさんにおいしいコーヒーを淹《い》れましょうか。珈琲屋特製の」

行介の声が響いた。

「それなら、私、手伝うから」

冬子がはしゃいだような声をあげた。

母の隆子と芳樹の父親はにこやかに話をしている。

千明はちらりと隣の芳樹と顔を見合せる。

義理の兄妹は結婚できるのだろうか。

そんな思いが千明の胸をふわりとかすめた。

できるはずだ。何か方法はあるはずだ。二人の気持さえしっかりしていれば。

そんなことを考えている千明の手に、隣の芳樹の手が添えられた。握ってきた。強すぎるほどの力だった。

コーヒーのいいにおいが漂ってきた。

崩れた豆腐

柱時計を見ると二時を少し過ぎていた。

やっと終った。

邦子《くにこ》は小さな溜息をついて、店の隅の椅子に音を立てて腰をおろす。疲れきっていた。夜中の三時頃から、ほとんど立ちっ放しで仕事をしているのだから無理もないとはいえたが、それにしても疲れ方がひどかった。

年齢《とし》――。

という言葉が頭に浮んだ。

二十三歳のときに、このちっぽけな豆腐屋に嫁いできて三十二年。体中にがたがきているとしても不思議ではなかった。

邦子はもう一度小さな溜息をつく。

鼻の奥にふわりと大豆の香りが漂う。

以前は好ましく感じたこのにおいも、近頃は鬱陶《うっとう》しさが先に立って苛立《いらだ》ちをつのらせるだけのものに変っている。それだけではない。油揚げや雁もどきを揚げる油や、おからのにおいまでが癇《かん》に障《さわ》ってくる。

邦子は豆腐屋という仕事に嫌気がさしていた。

「おい、あがるぞ」

亭主の勇三《ゆうぞう》の声に、邦子はのろのろと立ちあがって店の表戸を閉める。これから夕方の五時まで、商店街の端っこにある『寺西豆腐店』は休みに入るのである。

邦子は売物の油揚げを一枚手にして台所に立つ。ガスコンロに火をつけ、金網に載せる。さっと両面を焼いて包丁で大雑把に切り、皿に並べて卓袱台《ちゃぶだい》に置く。

勇三はこれを肴《さかな》に酒を一合飲み、それから昼寝をするのだが、邦子はそうはいかない。食料品などの買物もあるし、家事全般もやらなければならない。

「あなた――」

醤油をかけた油揚げを口に放りこんだ勇三に、邦子は遠慮気味に声をかける。

「近頃、何だか疲れがひどくてね」

勇三は音を立てて盃の酒を飲みほした。

「何たって、立ちっ放しの仕事だから」

勇三がじろりと邦子を見る。

「だから、何だ」

低い声を出した。

「やっぱり、そろそろ潮時なんじゃないかなと思ってね」

「潮時とは、いってえ何の潮時だ」

勇三は邦子を見つめたままだ。

「それは……」

邦子は一瞬、言葉をにごしてから、

「この前から何度かいってるように、この商売をつづけていくこと」

はっきりした口調でいった。

大体、自分が何をいいたいのか勇三にはわかっているはずなのだ。それを、睨《にら》むような目をして、おまけにねちねちと。邦子のなかに苛立ちが膨れあがる。

「俺はまだ、平気だ」

ぼそっと勇三がいった。

「そりゃあ、あなたは平気かもしれないけど、私はなかなか男のあなたのようにはね」

「体なんてのは、男より女のほうが丈夫なのは昔からきまってるだろうが。それが証拠に、男より女のほうがうんと長生きしてるじゃねえか」

邦子の顔から目を離し、勇三は盃に酒を満たす。

「長生きはするけど、体の強さは違うからね。何たって造りは男のほうが頑丈にできてるわけだから」

反論する邦子に、

「やめて、どうするんだ」

勇三は盃に目をやって突き放すようにいった。

「そろそろ、のんびり暮してもいいかなと思って」

ここぞとばかり、邦子は身を乗り出していった。

「のんびりって、暮しの金はどうするつもりなんだ」

「来年になれば、あなたも年金をもらえる年になるじゃないの」

勇三は邦子とは九歳違いの六十四歳だった。

「年金たって雀の涙で、大した額じゃねえことは、おめえもよくわかってるだろうが」

「わかってるわよ。何もそれだけで食べていけるなんて思ってないわよ。多少の貯えはあるし、いざとなったらパートでも何でも私はするつもりだし。それに――」

邦子はほんの少し間を置いていった。

「二人の子供たちから、援助してもらうって手もあるはずだし」

二人の間には三十と二十五になる息子がいたが、上は大学を出て家電メーカーに就職がきまると同時に一人暮しを始めた。下も工業高校を出て自動車の修理工場に就職がきまってから三年ほどは家にいたが、これも一人で生活がしたいといってアパートに移り住んでいた。

「子供たちに頼るわけにはいかねえ。あいつらにはあいつらの生活がある。俺かおめえが死ねば別だが、それまではあいつらに負担はかけたくねえ」

勇三がはっきりした口調でいう。

「それはそうだろうけど、私たちの仕事がなくなればそんなこともいってられないし、少しぐらいは」

「だから、仕事をやめなきゃいいんじゃねえか。簡単なことだ」

勇三は視線を盃に落したままだ。

「私にしたら、そんな簡単なことじゃないわよ。もう少し前向きに考えてよ」

思わず大声になった邦子に、

「お客はどうするんだ。寺西豆腐店の手造り豆腐を待ってる、お客はどうするんだ。そこまで考えたことがあるのか」

静かな口調で勇三がいって、盃の酒を放りこむようにして飲んだ。

「お客って」

邦子は一瞬口ごもったが、すぐにつづけた。

「店がなくなったらなくなったで、スーパーかどこかに行くから大丈夫なんじゃないの。一時は困るかもしれないけど、すぐに落ちつくわよ」

怒鳴るようにいった。

「スーパーの豆腐ではあきたらねえから、わざわざうちの豆腐を買いにくるんじゃねえか。そんなお客に対して、無責任なことはできねえだろうが」

勇三がいい返してくるが、

「本当は安いスーパーのほうがいいのに、隣近所の義理から無理をしてるかもしれないじゃない」

邦子はまくしたてた。

そういう面があることも事実なのだ。確かにこの商店街では、まだそんな風潮が残っている。

「そんなことは、おめえ」

勇三の顔がわずかに歪《ゆが》んだ。

「それが証拠に、店の売上げは年々減ってきてるじゃない。もう無理のできない人が、スーパーの安い豆腐に移っていっているのは、あなただってわかってるんじゃないの」

「それにしたって」

ぼそっと勇三はいってから、無言で盃を口に運んだ。

「要するに、おめえは豆腐屋という商売が嫌になった。そういいてえんだろ」

しばらくしてから、嗄《しわが》れた声を出した。

「そういうことじゃないわよ。私は、このままでは自分の体がもたなくなると思って。そんなことになれば、あなたや子供たちに迷惑がかかることは目に見えてるから」

むきになって邦子はいうが、本音のところは勇三のいう通りだった。嫌気がさしているから、極端に疲れを感じるようになったともいえた。

勇三が盃を卓袱台の上に置いた。

「寝る」

一言だけいって傍《かたわ》らの毛布を頭からかぶって丸くなった。

邦子は大きな溜息をついた。

膝の上に置いた両手に視線を落した。

永年の水仕事で赤く膨れあがり、ところどころにアカギレができていた。豆腐屋なのだから仕方がないが、醜い手に変りはなかった。


買物の帰り、何気なく目をやると『珈琲屋』の看板が飛びこんできた。

邦子の足が動きを止めた。入ってみようかと、ふと思った。理由はよくわからなかったが、そんな衝動にふいに駆られた。邦子は古びた木製の扉をそっと押した。

店内に客は一組だけで、中年の男と女が窓際の席でのんびりとコーヒーを口に運んでいる。邦子はテーブル席とカウンター席を交互に眺めてから、カウンターに向かった。

買物籠を横の丸椅子に置き、体をずらすようにして隣に腰をおろす。

「いらっしゃい、何にしましょう」

頭の上から低い声が聞こえた。

「あっ、あの、ブレンドコーヒーを」

慌《あわ》てて答えて顔をあげると、大きな男が微笑んでいた。

これが宗田行介だ。十年ほど前に、ヤクザあがりの地上げ屋を殺して岐阜刑務所に送られたという。

「寺西さんの奥さんですよね。珍しいですね、お一人で」

屈託《くったく》のない声で行介はいった。

珍しいのは確かだった。珈琲屋には行介の父親の代のとき、誰かと一緒に数回ほど訪れたことはあるものの、行介が継いでからは初めてだった。

「何かいいことでも、あったんですか」

アルコールランプに火をつけ、コーヒーサイフォンをセットしながらいう行介に、

「いいことなんて何も。この年になったら毎日が淡々と過ぎていくだけです。ただ、冬がすぐそこまできていて急に寒さを感じたから。それで温かいコーヒーもいいかなと思って」

邦子は一気に答えるが、何となく後ろめたいものが胸の奥からせりあがってくるのを

感じる。

行介のいう通り、いいことは確かにあったのだ。他の人にいわせれば他愛のないことかもしれなかったが、邦子にしたらあれは紛れもなくいいことだといえた。大したことではないと自分にいい聞かしてみても、やはりあれはいいことだった。

一カ月ほど前のことである。

店では夕方になると豆腐や油揚げはもちろん、できたてのおからコロッケを販売していた。豆腐をつくれば必然的に出るおからを、コロッケとして売ろうと提案したのは邦子だった。

小判形に整えたおからのなかに、これも雁もどきをつくるために使用する、ニンジン、シイタケ、ヒジキなどを混ぜ、さらに牛の挽肉をいれて店先で揚げれば、あつあつのおからコロッケが簡単にできる。

十年ほど前から始めたのだが、これが健康的なうえに美味ということで評判になり、今では寺西豆腐店の目玉商品になっている。むろん、具材づくりも店先で揚げるのも邦子の仕事だった。

その常連客の一人が下野《しもの》だった。

二カ月ほど前から下野は週に何回か店先に現れ、きまって四個のおからコロッケを買っていった。年齢は邦子と同じくらいで、服装はジャンパー姿が多かったが、目鼻立ちの整った上品な顔をしていた。

あるとき下野のほうから邦子に声をかけてきた。

「毎日大変ですね。油に酔うことはないですか」

微笑みながら話しかける下野に、

「あっ、いいえ。仕事ですし、毎日のことですから、そういうことは」

どぎまぎしながら邦子は答えた。

若いころならともかく、中年になって異性から声をかけられることなどなかった。単なる日常会話にすぎないことは邦子自身もわかっているつもりだったが、それでも心が明るくなった。

それがきっかけで、下野との会話が始まった。といっても二言三言で決して長話ではない。後ろに客が並んでいることもあったし、店には勇三がいた。

「奥さんと、半分ずつ食べるんですか」

何気ない風をよそおって下野に訊いたのは、勇三が外出しているときのことだ。

「私は一人暮しで女房はいません。というより逃げられました。だから二個は晩のおかずで、あとの二個は明日の朝飯と弁当に一個ずつということです」

何でもないように下野は答えるが、邦子の胸は騒いでいた。冷静に考えれば、何らかの理由で妻に逃げられた男が、惣菜用にコロッケを買いにくる。ただそれだけのことだったが、穿《うが》った見方をすれば……。

下野透《とおる》という名前も同い年だということも、住んでいるのがこのすぐ近くのアパートだということもこのとき聞いた。勤めていた会社が倒産し、現在の仕事はスーパーの駐車場の誘導係をしているということも……どんな理由で奥さんと別れることになったのか、そのあたりも訊きたかったのだが、勇三が戻ってきたので断念した。

邦子が勇三に豆腐屋をやめようといい出したのも、このころである。


「熱いですので、気をつけて」

行介の声にふっと我に返ると、目の前に湯気を立てるコーヒーが置かれていた。

「あっ、ありがとうございます。いただきます」

そっと両手でカップをつかみ、ゆっくりと口に持っていく。行介のいう通り熱かったが、ほっとするような味がした。少しずつ舌にからめて咽《のど》の奥に飲みこんだ。

「これから寒くなると、豆腐屋さんは大変ですね」

そうなのだ。夏はともかくとして、冬の豆腐づくりは忍耐の一語につきる。苛酷《かこく》としかいいようがなかった。

「朝はいったい、何時に起きるんですか」

行介の率直な質問に、

「朝といっていいのかどうか——二時半には起きて作業にかかります。そうでないと朝売りには間にあいませんので」

邦子はごく普通の口調で答える。

「二時半ですか——それは朝ではなく、やっぱり深夜といったほうがいいですね」

驚いたような声を行介はあげた。

「前日に浸《つ》けておいた大豆が膨らんでいるのを確認して、これをつぶして煮るんですが、大豆を浸ける時間も夏なら八時間、冬なら二十時間とまったく違いますから気が抜けません。春と秋は大体その中間ということになりますね」

邦子は一気にいって、

「それを袋に流しこんで豆乳を搾《しぼ》り、にがりを加えて固めるんですが、この量がまた微妙なんです。季節によって変えることはもちろん、その日の天候、温度、湿度によっても違ってきます。その加減がなかなか……」

一人で大きくうなずいた。

ふっと顔をあげると行介の目が笑っていた。

「すみません、勝手に一人で喋《しゃべ》って。でも、簡単にいうと、そんな塩梅で豆腐はできあがります」

そういってから、

「大雑把《おおざつぱ》すぎますね。これでは何のことかわかりませんよね」

邦子は耳を赤くした。

「その、にがりを加える作業は奥さんもやってるんですか」

穏やかな調子の行介の問いに、

「とんでもない。それは亭主の仕事で、私なんかにできるはずがありません」

邦子は慌てて首を振る。

実をいうと、嫁いできてから五年ぐらいたったとき、

「お前も、にがりに挑戦してみるか」

と勇三にいわれたことがあったが、邦子は即座に辞退した。とても覚えられるものではないという自覚もあったし、もし覚えられたとしても勇三の機嫌が悪くなり、夫婦仲がおかしくなるような気がした。それ以上は女が踏みこんではいけない領域……職人の世界にはそんなものが確かにあるのだと自分なりに考えた結果だった。それが今――。

「好きなんですね」

ふいに行介が言葉を投げかけた。

「えっ？」

「奥さんは豆腐づくりが好きなんだと、つくづくそう感じました」

豆腐づくりが好き――豆腐屋をやめようといっている自分が。邦子は一瞬唖然《あぜん》としたが、

「でも、冬場は地獄ですから」

大げさないい方をして、ほんの少し笑みを浮べた。そして、自分はなぜ行介にあんなに夢中になって豆腐のつくり方を喋ったのかと考えてみたが、答えは出てこなかった。

「それに自由がないんです。深夜に起きて豆腐をつくり、朝から昼にかけてそれを売り、今度は夕方に店を開けておからのコロッケを揚げ、それがすんだら店の後片づけ。あとはもう寝るだけですから。自由時間は、今この時間帯のわずかな間だけ。それも家事に費やされるのがほとんどですから……」

何かに憑《つ》かれたようにいった。

「それは……」

と行介が口にしたところで、扉の鈴が鳴った。

「寺西さんの、奥さんじゃないですか」

後ろから声がかかった。

懐かしい声のように聞こえた。

ゆっくりと振り向くと、いつものジャンパー姿の下野が立っていた。胸がざわっと騒いだ。まさか、こんなところで下野に会うとは。

「マスター、ブレンドコーヒーお願いします」

下野はのんびりとした口調でいってから、

「どうですか、奥さん。一緒に話でもしませんか。豆腐づくりの苦労話でも聞かせてください」

顔中を笑いにしていった。

「あっ、はい」

意外な展開に邦子はとまどった。

「席を替えましょうか。奥さんのコーヒーは、下野さんのコーヒーを運ぶときに一緒に持っていきますよ」

行介が名前を知っているということは、どうやら下野はこの店の常連のようである。

「ありがとうございます。それじゃあお言葉に甘えさせてもらいます」

上ずった声で邦子はいい、下野が座った隅のテーブル席に足を向けた。胸の鼓動が高まり、口のなかはからからだった。

「失礼いたします」

邦子はていねいに頭を下げて、下野の向かいの席にそっと座る。

「いえ、こちらこそ。しかし、この店で奥さんに会えるとは。本当にラッキーとしかいいようがありません」

下野はラッキーといった。

また胸の奥がざわっと騒ぐ。

「ああ、いえ、こちらこそ」

自分でも訳のわからないことをいってから、

「下野さんはこの店にはよく？」

気になっていたことを訊《き》いた。

「よくというほどではありませんが、時々きてコーヒーを楽しんでいます。何しろ、貧乏生活なので、繁華街へ繰り出すわけにもいきません。その点、この店なら高い金を払わなくても好きなだけ、ゆったりとした時間を楽しめます。いわば、私の唯一の贅沢《ぜいたく》といってもいいかもしれません」

唯一の贅沢が珈琲屋のコーヒー。

邦子は心の奥が爽《さわ》やかになるのを感じた。率直な話しぶりといい、言葉遣いといい、下野の人柄を垣間《かいま》見たような気持になった。

「奥さんも時々はここへ？」

「私は、下野さんのように唯一の贅沢さえ持っていませんから——新しく開店してからは初めてです」

余裕のある言葉が口から出たのが嬉しかった。自分だって、これまで人生を何とか生き抜いてきた。決して小娘ではないのだ。これくらいのことで胸を騒がせているわけにはいかない。

「男の人の一人暮しって、大変なんでしょうね」

と訊くと、

「もう十年ですから。炊事や洗濯なんかにも慣れてしまって、それほどの大変さは感じませんが、ただ――」

下野は少し押し黙ってから、

「淋しいですね。死にたくなるほど淋しいですね。寒い夜なんかに冷えきったアパートに帰ると、しばらく玄関に立ちつくして上がれないことがあります。自分の部屋なんですが、冷えきってぬくもりのない、閉ざされた空間に押しこめられてしまうというのが怖くて。自分は世界中でたった一人……そんな思いが、わあっと体中を押しつつむようで。まるで子供のようですけど、それがいちばん、こたえます」

肩を落していう下野に、

「世界中でたった一人ですか。私はまだ、そんな淋しさを経験したことはありませんが、お辛いですねえ、それは」

こんなことぐらいしか邦子にはいえない。

が、あのいつも快活な下野にこんな一面があるとは意外だった。

そのとき、行介がコーヒーを運んできた。

手際よくテーブルに並べられた邦子のコーヒーカップには褐色の液体が湯気を立てて、いい香りを放っていた。

「あの、これは」

「淹《い》れ直してきました。自由がないとおっしゃっていた奥さんに対するサービスですから気にしないでください。せめてうまいコーヒーを飲んで、束の間ですけどいい時間を過してください」

小さくうなずいて行介はいった。

「ありがとうございます」

と素直に頭を下げた邦子の目に、突然それが飛びこんできた。カップをテーブルに並べる行介の右手の掌《てのひら》だ。

なぜかはわからなかったが、引きつれがあった。色も赤黒く変り、ところどころが小さくケロイド状になって隆起し、目をそむけたくなるほどだった。

これが人を殺した人間の手。

胸の奥でこう呟《つぶや》きながら、邦子はようやく自分がここにきた訳がわかったような気になった。自分はこれを見にきたのだ。無意識のうちに、人を殺したことのある人間の手を。そうに違いないと思った。

となると――邦子は胸の奥で唸《うな》り声をあげた。自分は豆腐屋をやめたいのではなく、勇三と別れたいのでは。そして、ひょっとしたら無意識のうちに勇三を殺したいと思っているのでは。そこまで考えて邦子は小さく頭を振る。いくら何でも……。

「どうかしましたか、奥さん」

下野の心配そうな声が聞こえた。

頭をあげると、下野と行介が邦子の顔を凝視していた。

「おい、今日は何だか機嫌がよさそうじゃねえか」

おからコロッケを揚げる邦子の後ろから、勇三が声をかけた。

「えっ、そんなことないんじゃないの。いつもと同じだと思うけど」

素っ気なく答えたが、機嫌のいいのは事実だった。何といっても、ついさっきまで下野と珈琲屋で会っていたのだ。その余韻が邦子の体中をつつんでいた。

「でも、おめえ。何だか今、鼻唄をうたっているようだったぜ」

「いやだ、あなたの勘違いよ。私はただ単に独り言をいってただけ。何だか今日は気温が下がっているせいか、油の温度の調節が難しくてね」

何とかうまくごまかした。

「そうだな、確かに寒くなってきてるな。この分だと、にがりの加減が大変だな」

勇三も独り言のようにいってから、

「そうだ。にがりの振り方に挑戦してみねえか。あれができりゃあ、一人前の豆腐職人だ。昔、おめえにすすめたときは断ってきたが――もっともあのときは、正直にいうと女なんぞにできるわけがねえと俺のほうで高を括っていたけどよ」

思いがけないことを口にした。

「ふうん。やっぱりそう思ってたんだ。じゃあ私も正直にいうと、もし私がにがりの塩梅を習得してしまったら、あなたはすごく機嫌が悪くなるだろうなあという気持があったのは確かよ」

邦子は本音をぽろりともらした。

これも機嫌のよさの副産物かもしれない。

「それはそうかもしれねえけど……」

勇三はぼそっといってから、

「まあ、お互い年だからな。今ならそんなこともねえんじゃないか。無理にとはいわねえが、頭の隅にでも置いて考えといてくれ」

それだけいって店の奥に戻っていった。

「にがりか」

口に出してぽつりというが、目下のところ邦子の頭に豆腐の姿はない。あるのは下野の顔だけだ。はたして今日、下野はコロッケを買いにくるのか。くるとしたら自分に何を話すのか。楽しみだった。学生時代に戻ったように胸がわくわくした。

あのあと珈琲屋で、邦子は下野に立ちいった質問をぶつけた。いちばん知りたいことだった。

「なぜ、奥さんと別れることになったんですか。おっしゃりたくないかもしれませんが、できれば教えてください」

真直ぐ下野の顔を見た。

上品な顔が微かに歪んだ。

「察しはついてると思うけど、リストラのせいでね」

と下野はいった。

下野は都心に本社ビルを持つ食品メーカーの営業部にいた。そのときの役職は販売部の課長だった。

それが突然リストラの対象になった。家庭よりも仕事を優先して働いてきた下野にはショックだったが、会社にはさからえなかった。

三カ月の猶予期間を置いて、下野はあっさり会社を追われた。割り増しの退職金は出たものの、中年の下野を雇ってくれるところはどこもなく、下野とその家族は途方にくれた。下野には中学二年になる息子が一人いて、これから高校、大学と金のかかる時期をひかえていた。

　下野の妻がこんなことをいった。

「あなたは家庭も顧みないで会社一筋の毎日を送ってきました。そのあげくがこれでは話にも何にもなりません。私にいわせれば、今まで自分勝手に生きてきた神様の罰だと思います」

　そういってから下野の妻は一枚の紙を取り出した。離婚届だった。

「今日から、私たちとあなたは他人です。もちろん、退職金は全額、私と子供のためにもらいます。それぐらいしてくれても罰は当たらないと思います」

　淡々とした調子だったが、目だけは吊《つ》りあがって下野を睨みつけていた。下野の背中を悪寒のようなものが走った。今までの妻はそこにはいなかった。いるのはまったく別の女だった。

　下野はいわれた通り、離婚届に署名捺印し、着の身着のままで親子三人で暮していたマンションを出た。どうにでもなれという捨鉢な気持だった。それからはアルバイトを転々として、気がついたら十年が過ぎていたと下野はいった。

「そんなことを、奥さん、いったんですか」

　ぽつりという邦子に、

「あのときの妻の顔は人間ではありませんでした。あれは」

下野はごくりと唾を飲みこみ、

「鬼の顔でした。今でもあの顔は忘れることができません」

肩をすとんと落した。

「鬼の顔」

邦子は呟き、

「辛い体験を、なさったんですね」

できる限り優しい声を出した。

「あれから妻子には一度も会っていません。妻の顔もいったいどんな顔だったのか……私の頭に残っているのは、鬼の顔だけです」

こういってから下野は、ぽんと膝を叩き、

「辛い話はやめましょう。もっと明るい話をしましょう。そうだ、豆腐のつくり方を教えてください。プロの豆腐のつくり方を」

ことさら明るい声でいった。

そうだ、豆腐のつくり方だ。自分は豆腐のつくり方を行介に話したかったのではなく、本当は下野に聞いてほしかったのだ。しかしその前に――。

「すみません、ちょっと失礼して」

邦子はこう断って手洗いに向かった。

洗面所の鏡に自分の顔を映した。

白髪は一週間前に染めたばかりだから大丈夫だった。乱れている部分は掌でていねいに形を整えた。問題は顔だった。邦子は化粧道具を持ってきていなかった。

睨みつけるように鏡のなかの顔を見た。

やわらかな丸顔なので年齢よりは確実に若く見える。大きな二重の目と、小さな顎《あご》が自分の顔の特長だ。何もないので人差指で眉を整え目を撫でる。唇を何度も軽く嚙《か》んで血行をよくする。

あとは表情だ。邦子は鏡に向かってふわっと笑いかける。この顔だ。自分がいちばん可愛く見えるのは。間違っても鬼の表情だけは——女は怒れば鬼の顔になることは邦子もよく知っている。あれをしまいこんで、あるかないかの微笑を顔に張りつかせれば。

邦子は何度も鏡に向かって微笑んでみせる。

これなら大丈夫だ。

もう一度鏡のなかの顔を確認してから、邦子は急いで席に戻る。

「何だか雰囲気が変りましたね。何というか、こんなことをいって申し訳ありませんが、可愛くなったみたいで」

何気ない口調で目を細めながら下野がいった。いい気持だった。

「そんなことないですよ。私今日、化粧道具を持ってきてませんから。買物袋だけで」

微笑みながら邦子はいう。

「あっ、そうですね。邦子さんは元が可愛いから。そういうことなんですね」

このとき初めて下野は邦子さんと呼んだ。

邦子の胸がきゅっといい音を立てた。

それから邦子は行介に話したときよりも詳細に豆腐のつくり方を下野に話し、さらに自分の時間がほとんどないことを下野に訴えた。

「そんなに時間がないとは知らなかった。豆腐づくりって大変なんですね」

と下野がいったところで、その貴重な自由時間が終わりかけていた。これ以上ここにいれば五時に店を開けることができなくなる。帰るしかなかった。


おからのコロッケを揚げながら、邦子は通りを注視する。くるならそろそろだ。店を閉めるまであと十分足らず。

きた。下野が急ぎ足で通りを横断してこちらに向かってくるのが見えた。邦子の顔に自然に笑みが浮ぶ。が、下野の顔は何やら深刻そうだ。いつもの明るい笑顔はまったく見あたらない。

下野が邦子の前に立った。

「コロッケ、四個ください」

怒ったような顔で言葉を出し、

「明後日の同じ時間、珈琲屋にきてください。大事な話があります」

それだけいって下野は口を引き結んだ。


木製の扉を押すと、取りつけられた鈴が小さな音を立てた。

恐る恐る店内を覗《のぞ》くが、むろん下野はまだきていない。約束の時間より一時間近くも前なのだ。

「いらっしゃい」

という行介に目礼をして、邦子は奥の席に向かう。体をすべりこませたのは、先日下野と二人で話をした席だった。ここなら、カウンターの行介からは見えにくい。

「ひょっとしたら、下野さんと待ち合わせですか」

テーブルに水の入ったコップが置かれ、トレイを手にした行介が邦子を見ていた。

「あっ、ええ、まあそうです。下野さんがまた、豆腐づくりの話が聞きたいとおっしゃるもので、それで」

咽につまった声で下野の名前をあげた。へたに隠し立てをしても、もうすぐ本人がここにやってくるのだからすぐにわかる。

「豆腐づくりの話ですか。それはまた、いい時間が持てそうで楽しみですね。ところで、何にしましょう」

行介は低い声でいった。

「ブレンドコーヒーを、お願いします」

やや落ちつきを取り戻した邦子に、行介は軽く頭を下げて大きな背中を向ける。その後ろ姿をほっとした思いで見つめながら邦子は大きな吐息をついた。

邦子が早めに珈琲屋を訪れたのには訳があった。下野と会う前にゆっくり考えをまとめてみたかったのだが、勇三のいる家のなかでは落ちついて物が考えられなかった。珈琲屋がいちばんだと思った。

下野は大事な話だといった。

自分と下野の間で大事な話といえば、思いあたるのはたったひとつ。邦子と下野は同い年で、そして男と女ということだった。どう考えても結論はそれしかなかった。ということは、自分は考えをまとめるために早めにきたのではなく、ときめきの先取りがしたくてここを訪れたのでは……。

「お待ちどおさまでした」

そんなことを考えていると、頭の上から声がかかった。

行介がコーヒーを持ってきたのだ。

テーブルにコーヒーを置く行介の右手は醜く引きつれていた。ずっと気になっていた。理由がむしょうに知りたかった。

「あの、その右手は?」

思いきって口から出した。

同時に、膝の上に置いていた自分の荒れた両手をテーブルの下にそっと隠した。

「これですか」

行介はじっと右手を見つめてから、

「悪いことをした人間の報いです」

ぽつんといった。

「報いですか?」

怪訝《けげん》な声の邦子に、

「悪いことをした人間の手は、こうならなければいけないんです。いわば俺の償《つぐな》いのようなものです」

淡々と行介は答えた。

ということは、あの引きつれは行介自身が自分でつけたということなのか。たとえば何かの火の上にかざして……そう考えてもおかしくはなかった。

「奥さんは自分の手を醜いと考えているようだけど、それは違うと思いますよ」

行介はテーブルの下にちらりと視線を走らせ、

「俺の手は報いに違いないけれど、奥さんの手は勲章です。決して隠すようなものではなく、堂々と見せてもいいものだと俺は思います」

そういってふわりと笑った。そして、

「熱いですから気をつけて。いい時間を過してください」

頭を下げて離れていった。

行介の右手は報いで、自分の手は勲章——邦子は手を引き出してじっと見る。アカギレのできた、赤く膨れあがった男のような手。

「いくら勲章だといわれても、醜さに変りはないじゃないか」

胸のうちで呟き、コーヒーカップに手を伸ばす。そろそろと口のなかに流しこむ。理由はわからなかったが、おいしいはずのコーヒーが、今日は味気ないように感じた。


下野が姿を見せたのは邦子がコーヒーを半分ほど飲んだころだった。約束の時間より十五分ほど早かった。それが邦子には嬉しかった。

「ブレンド、お願いします」

とカウンターに声をかけてから、下野は真直ぐ邦子のいる席に向かってきた。ぺこりと頭を下げた。

「すみません。お呼びしておきながら私のほうが遅くなってしまって」

ゆっくりと邦子の前に座った。

「何だか今日は特に綺麗ですね」

下野は目を細めた。

胸がざわっと音を立て、邦子は体中が熱くなったような気がした。

家を出る前に入念に化粧をしてきた。

といっても勇三の手前、普段とかけ離れたようなものは無理なので、あくまでも薄化粧ではあったけれど。それでも小皺の一本一本にまで気を配って、邦子は自分の顔を装った。こんなに真剣に鏡と向きあったのはいつのことだったか。気がつくと鏡の前には女がいた。確かに女の顔が映っていた。知らず知らずのうちに顔が綻《ほころ》ぶのがわかった。

「そういう下野さんも、何だかこざっぱりしてますね」

褒《ほ》められて何となく自信がついたのか、ごく自然な声が出た。

「実は昨日、散髪に行ってきました」

着ているものもジャンパーではなく、ブレザージャケットだった。

「大事な話をするのに、ジャンパーでは失礼かと思いまして」

照れたようにいって、下野は口をつぐんだ。

行介が湯気の立つコーヒーをトレイに載せて持ってきた。下野の前に水の入ったコップとコーヒーカップを手際よく並べた。

「お二人とも、お見合いのようですね」

それだけいってさっと背中を向けた。

見合い。確かにそうかもしれないと邦子は思う。地味な装いではあったが、それぞれ、よそ行きの二人が向かい合っているのだ。邦子は鏡に映った自分の顔を思い出した。正真正銘、あれはよそ行きの顔だった。

下野は運ばれてきたコーヒーを少しずつ飲んでいた。どう話を切り出したらいいのか、迷っている様子がありありと窺《うかが》われた。

口を開いたのは十分ほどがたってからだった。

「邦子さんは今、幸せですか」

かすれた声でいった。

「えっ！」

突然の問いかけに、邦子は絶句した。

「先日、私は邦子さんから豆腐のつくり方を聞きました。邦子さんは詳細に、いえ、むきになったような様子で私に話してくれました。それはまるで豆腐づくりを憎んでいるようにも聞こえたんですけど、これは穿《うが》ちすぎなんでしょうか」

「それは……」

「さらに邦子さんは、朝から晩まで働き通しで自分の時間がほとんどないとも、おっしゃっていました。そんな話を聞いているうちに、とんでもない考えが湧いてきたのです」

「とんでもない考え」

「そうです。妄想といっていいかもしれません。その身のほど知らずの妄想が私の胸から離れようとしないんです」

下野が邦子の顔を凝視していた。

「私は邦子さんが好きです」

低いが強い口調でいった。

期待していた言葉だった。

そういわれることは予想していた。

邦子の体の奥で何かがもぞっと動いた。いつか忘れ去ってしまったはずの生々しいものだった。懐かしいが、火のように熱いものだった。残っていたのだ。なくなりもせずに。

「二カ月前から私はおからコロッケを買いに行くようになりましたが、私が邦子さんに関心を持ったのはそれよりも前です。関心を持ったからこそ、店先に並ぶようになったのです。私は一目邦子さんを見たときから、どうやら好きになったようです。信じられないかもしれませんが」

下野は一気にいった。一気にいわなければ言葉がどこかに逃げてしまうかのように。

「私の――」

上ずった声を邦子は出した。

「私のどこが、気にいったんですか」

「人を好きになるのに、理由はないと思います。としか、いいようがありません。強いていえば、姿形が私の好みだった。そういうことです」

「こんな、おばさんでも……」

かすれた声で邦子はいった。

「私だって邦子さんと同い年で、立派な中年です。それに、人を好きになるのに年は関係ないと思います」

下野はいったん言葉を切った。

「有り体にいえば、以前にも話したように私は淋しかったんだと思います。そんな淋しさの穴のなかに、邦子さんがすっぽり入りこんでしまった。過不足なく入りこんでしまった。勝手ないい分かもしれませんが、そういうような気がします」

申し訳なさそうな表情を浮べる下野の顔を見ながら、邦子の胸は騒《ざわ》めきを繰り返していた。正直にいうと嬉しかった。この年になって、こんな言葉を聞けるとは思いもよらなかった。それに、下野の表情には誠実さが溢《あふ》れており、いっていることに嘘《うそ》やお世辞がまじっているとは考えられなかった。

「私も」

テーブルを見つめて声を出した。

「下野さんが好きです」

いったとたん、下腹のあたりに熱っぽいものが走った。どろりとしたものだった。それは下腹を中心にして四方に弾けた。

「私は、私は……」

下野がうめくような声を出した。

「もっと勝手なことをいわせてもらえば、私は邦子さんと一緒に暮したいと思っています。ちゃんとした仕事も持たない半端者が、本当はこんな言葉を口に出してはいけないことはわかっていますが、それでも私は邦子さんと一緒に暮したい、一緒に。申し訳ありません、勝手なことばかりいって」

下野は唇をぎゅっと引き結んだ。

胸が異様な驚きにつつまれていた。

一緒に暮したいということは——自分に家を出ろと下野はいっているのだ。勇三と豆腐屋をすてて。何もかも捨てて自分のところにきてくれないかといっているのだ。

体が小刻みに震え出した。

「それは私に……」

ようやく声を出した。

「はい、邦子さんへの私のプロポーズです」

強い調子で下野はいった。

「ありがとうございます」

思わず、礼の言葉が口から出た。

「しがない派遣社員ではありますが、それでも贅沢さえしなければ夫婦二人が何とか食べていくぐらいはできます」

下野は夫婦といった。

「もちろん、商店街に店を構えた邦子さんのところとでは較べようがありませんけど。それでも私は……」

弱々しい声だった。

「そんなことはありません。町の小さな豆腐屋の儲《もう》けなんて、たかがしれています。それこそ夫婦二人が食べていくのがやっとです」

邦子の本音だった。過酷な労働で儲けが少ないのは事実だった。

「それなら、いっそ」

下野が高い声を出した。

無意識のうちに手が伸びて邦子はコーヒーカップをつかんでいた。咽が渇いて仕方がなかった。冷めたコーヒーを咽の奥に流しこみ、小さな吐息をついてカップを皿に戻したとたん、手を握られた。迂闊《うかつ》だった。醜い手だった。

「邦子さんはこの荒れた手を恥じていらっしゃるようですが、少なくとも私は、この荒れた手を綺麗な手に戻すぐらいの自信はあるつもりです。邦子さん本来の手に」

行介はこの醜い手を勲章だといったが、下野は荒れた手だといった。勲章なら元に戻す必要はないが、荒れた手ということになれば――。

邦子の右手を握った下野の両手に力が入った。体中に電気が走ったような気がした。この前、手を握られたのはいつごろだったのかという思いが胸をかすめたが、思い出すことはできなかった。

二人の間で時間が止まった。

邦子の右手は下野に握られたまま、固まったように動かなかった。幸せだと邦子は感じた。

どれほど時間が過ぎたのか。

「邦子さん、お願いします。私を助けると思って」

下野が泣き出しそうにいう。

「あっ、はい」

我に返ったように邦子は声を出すが、いくら現状に不満があり、下野のことを憎からず思っていても、そう簡単に答えの出せることではなかった。

脳裏に夫の勇三の顔が浮んでいた。もし別れてくれといったら勇三は……容易に首を縦に振るとは思えなかった。怒鳴られ、殴られるかもしれなかった。半殺しの目に遭うかもしれない。

「邦子さん」

催促するように下野がいった。

「少し待ってください。答えはそんなに簡単には」

ようやくいった。

「もちろん、簡単に答えが出ないのはわかっています。私はいつまでも待つつもりです。邦子さんの答えがきちんと出るまで、いつまででも」

「ありがとうございます。でも」

このとき邦子の体のなかで何かが外れた。

その音をはっきり聞いたような気がした。

「いつまでも考えていては、結局答えなんか出ません。そのままずるずると延びていくだけです。そんな気がします。だから」

邦子は下野の顔を真直ぐ見つめた。

下野は淋しさという穴のなかに、邦子がすっぽり入りこんでしまったといっていたが、自分の場合は店を閉めたいという気持の穴に、下野がすっぽり入りこんでしまった。それこそ過不足なく。

「期限を切ってください」

叫ぶような口調でいった。

そうしなければ答えは出ないと思った。自分を追いこむしかなかった。

下野も邦子の顔を真直ぐ見返した。

「じゃあ、二週間——短すぎますか」

「いいえ、長くても短くても同じような気がしますから。それでけっこうです。その間によく考えて結論を出します」

落ちついた声で邦子はいった。

「じゃあ、二週間後の同じ時間にここで」

「わかりました。どんな結果が出るかは見当もつきませんけど」

邦子の右手は下野の両手に握られたままだった。温かい手だった。

「おい、おめえ。近頃どうかしてるんじゃねえのか。何をやってても、心ここにあらずといった様子だぜ」

怒鳴るような口調で勇三がいった。

昼休みである。勇三は一合の酒を飲んで、横になるところだった。

「そんなことないわよ。私はいつでもちゃんとやってるわよ」

嘘だった。ちゃんとできるはずがなかった。下野との約束の日まであと四日。この間、邦子は考えに考え抜いたが、結論はまだ出ていない。

三十二年間の歴史があった。

いくら豆腐屋をやめたいと思っても、下野を憎からず思っていても、三十二年は長くて重い年月だった。そう簡単に放り出せるものではなかった。正直なところ、邦子は途方にくれていた。

「ちゃんとなあ……俺にはそんなふうには見えねえんだがな。何か悩み事でもあるんじゃねえのか」

能天気な勇三の声に、

「悩み事はあるわよ。あなたと別れようかどうしようか真剣に迷ってるのよ」

こういってやりたかったが、むろん、いえるわけがない。何となく腹が立ってきて勇三に視線を向けると、すでに軽い寝息を立てていた。

こんなときには——。

邦子は珈琲屋の扉を押していた。

「おや、いらっしゃい」

行介の言葉に邦子は会釈をし、店のなかを見回した。五人ほどの客がいたが、下野の姿はなかった。邦子はカウンターの前に行き、丸椅子に腰をおろす。

「ブレンドコーヒー、お願いします」

行介の手が動いてコーヒーサイフォンをセットする。あの醜い引きつれのある右手だ。その手がアルコールランプに火をつける。

「あっ」

と邦子は胸の奥で声をあげた。

行介の引きつれが何でなされたのか、わかったような気がした。

「アルコールランプも、いろいろな使い途があるようですね」

低い声でいうと、

「世の中、ままならないことばかりですから」

何でもないことのように行介はいって押し黙った。

「熱いですから」

しばらくして、邦子の前に湯気の立つコーヒーカップがそっと置かれる。「いただきます」といって一口すすったところで行介が口を開いた。

「何か悩み事でもあるんじゃないですか、奥さん」

いつもの優しい声だ。

「わかりますか」

「どことなく、そんな様子だから」

行介の声を聞きながら、先日の下野とのやりとりの様子から何かを感じたのかもしれないと、ふと思う。といっても、手を握られているところは下野の体に隠れて見られていないはずだ。

「いくら考えても答えが出ないので、正直いって困っています。そんなとき、宗田さんならどうしますか」

真剣な表情で行介を見た。

「俺なら――」

行介は宙を見据えてから、

「自分で答えが出ないのなら、誰かに相談するしか仕方がないような気がします」

はっきりした口調でいった。

「誰かって、宗田さんのことですか。相談に乗ってくれるんですか。宗田さんて、口は堅いですか」

勢いこんでいうと、

「俺に相談しても、いい答えは出ませんよ。そういったことはまったくの苦手で、何の力にもなれないと思いますよ」

意外な答えが返ってきた。

「宗田さんでなければ、誰に？」

「それはやはり、奥さんのことを、いちばんわかってる人がいいんじゃないですか。ご主人に相談するのがいちばんですよ」

的外れなことを口にするが、やはり行介は下野との様子を見て話の内容を察していたに違いない。そんな気がした。

「主人に相談するのは、ちょっと気が引けるんです。だから困って……」

といいかけた邦子の頭に、あることが閃《ひらめ》いた。そうだ、そういう方法があったのだ。

「そうですね。悩み事は近い人間に相談するのがいちばんいいかもしれません。思いきって、主人に相談してみることにします」

邦子の言葉を聞いた瞬間、行介の顔が綻んだように見えた。

「それがいい、いちばんいい。いや、安心しました」

ほっとしたような声をあげる行介に、

「アルコールランプも、いろいろな使い途があるようですから」

邦子は軽くうなずいて、まだ湯気の立っているコーヒーカップを手に取った。

その夜、床につく前に邦子は勇三にいった。

「以前いった、この店を閉めるという話、もう一度真剣に考えてほしいんだけど」

「店を閉める話って、あれはもう結論が出てるんじゃなかったのか」

怪訝な表情を見せる勇三に、

「あのときは真剣じゃなかったようだから。今度は本当に真剣に考えてほしいのよ。私のこともよく考えて」

「おめえのこともとは、どういうことだ。いってる意味がよくわからねえんだが」

勇三の言葉に、邦子は唾をごくりと飲みこむ。

「つまり」

邦子は一呼吸おいてから、

「もし、豆腐屋をこのままつづけるのなら、私はここを出ていくし、やめてくれるのならとどまるし……。そういうことですから」

一気にいった。一気に口にしなければいえることではなかった。

もともと豆腐屋を閉めるかどうしようかで始まった話なのだ。それなら勇三にきめてもらうのがいちばん手っとり早い。いくら考えても埒《らち》が明かないのなら、この方法しかないと邦子は思った。

狡《ずる》くていいかげんな方法かもしれなかったが、この問題の答えを出すには、いちばんの当事者である勇三にゆだねてみるのが筋のような気もした。もし勇三が店を閉めるといえばそれでいいし、店をつづけるとあくまでもいうのなら、心おきなく下野のところに行ける。邦子は勇三の言葉に賭けてみることにした。

「それは……」

上ずった声を勇三が出した。

「もちろん、今すぐじゃなくてもいいわ。明後日の夜まで待つから、そのときに返事を聞かせてください」

ゆっくりした口調で邦子はいった。

「店を閉めなきゃ、本当におめえは出ていくつもりなのか」

「そのつもりよ。嘘や冗談ではないからね。言葉通りに取ってもらってかまわない。私は腹を括ってますから」

布団に半身を起こしている勇三を見据えるようにしていった。

「それは、おめえ」

唸るような声をあげてから、

「明後日までなのか、期限は。それ以上は延びねえのか」

勇三は細い声でいった。

「明後日までです。こんなことはいくら延ばしたって同じことだから。期限は明後日、それは動かない」

次の日には下野に会って答えを伝えなければならないのだ。期限を延ばすことはできなかった。

「わかった。おめえの気持はよくわかった。明後日だな」

怒鳴るようにいって勇三は布団に体を突っこんだ。


時間はすぐにたち、約束の夜になった。

この間、二人はほとんど会話を交さず、黙々と自分の仕事をこなした。勇三は終始不機嫌そうな表情で、眉間《みけん》にはくっきりと皺が刻まれていた。

遅い夕食がすみ寝間に移って床に入る前、邦子のほうから話を切り出した。

「店を閉める話、ちゃんと答えは出たの。これ以上、期限は延びないから」

きちんと正座をしたままいうと、

「出たさ」

ぽつりと勇三はいった。

邦子の胸がざわっと鳴った。

勇三の顔を食いいるように見つめた。

「俺はこの商売が好きだった。親父から豆腐づくりをしこまれ、ずっとこの仕事一本でやってきた。というより、俺には豆腐づくりしかできねえというのが正直なところだ」

「…………」

「だから俺の本音をいえば、店は閉めたかねえ。死ぬまでつづけてえ」

勇三の言葉に邦子は両の拳を爪が食いこむほど握りしめる。店を閉めるにしろ、つづけるにしろ、邦子にとって大きな分かれ道になることは確かなのだ。

「もっと本音をいえば、この前もいったように俺はおめえに、にがりの技術を身につけてほしいとさえ思っている。これは嘘でも何でもねえ、俺の正直な気持だ」

「にがりの技術！」

驚いた口調でいう邦子に、

「そうだよ。何だかんだといいながら、おめえは豆腐づくりが好きなんだと俺は思ってる。それが何かの拍子でひっくり返って嫌になった。その拍子というのが、どういうものなのかはわからねえが、そういうことなんじゃねえかと俺は思ってるよ」

噛んで含めるように勇三はいった。

「私が豆腐づくりを好き⁉」

思わず声が大きくなった。

豆腐づくりは邦子の生活にぴったりと密着していて、そんなことは今までに考えたこともなかった。そういえば行介も、

「奥さんは豆腐づくりが好きなんだと、つくづくそう感じました」

こんなことを口にしていた。

下野は淋しさという穴に邦子がすっぽり入りこんだといい、自分は店を閉めたいという気持の穴に下野が入りこんだと思っていたけど、あれはひょっとしたら。

下野と親密になりたいという穴に、店を閉めたいという気持が入りこんだのでは……つまり、後先が逆だったのではないか。そういえば、店を閉めたいという気持は、下野と口をきき始めてから出てきたような気がする。

私は優しさがほしかったのでは。

職人肌の勇三は決して優しい言葉をかける人間ではなかった。何か用事があるときも怒鳴るような口調で、気遣いなどはほとんどないといっていい。邦子が寺西豆腐店に嫁いで三十二年、その間勇三から優しい言葉や甘い言葉をかけてもらった記憶は一度もなかった。

「だから、何がいいたいのよ」

疳高《かんだか》い声で邦子はいった。

「だから俺は、おめえににがりの技術を覚えてもらって、仲よく二人でこのまま豆腐屋

がつづけられればいちばんいいと思っているだけで……」

「………」

「おめえにまかせるよ。おめえが本当にこの店を閉めてえというんなら、俺はそれに従うよ。おめえがいなくても豆腐づくりはできるかもしれねえが、いねえとこの家は回っていかねえからな。それに」

ぷつんと勇三は言葉を切ってから、

「俺はおめえのことが――」

そこまでいって、さっと布団にもぐりこんだ。

「あっ」

と小さな叫び声を邦子はあげた。

勇三の次の言葉がむしょうに聞きたかった。が、勇三は布団のなかでぴくりとも動かない。こうなったら何をいっても無駄だった。

いずれにしても、判断はまた邦子の手にゆだねられたのだ。明日下野と会って、いったいどんな答えを口にしたらいいのか。それにしてもさっきの勇三の言葉は……あんな勇三を見るのは初めてだった。

「にがりか……」

宙を睨みつけるように見てから、ぽつりと呟いたとたん、邦子の体のなかから何かが抜けて軽くなったような気がした。
大豆のにおいが寝間にまで漂っていた。

はみだし純情

両肩を尖らせてホームを歩いた。

改札口を出ると、足は自然に裏通りの方向に向く。本通りを歩くのは意識的に避けていた。大きな道を歩けば知った人間に会う確率が高くなる。圭次《けいじ》は人と話をするのが極端に苦手だった。

世間話というのがほとんどできず、人見知りが激しい。殴り合いの喧嘩《けんか》になっても割に冷静でいられるのに、知った人間を前にすると恥ずかしさのようなものが全身を押しつつんだ。一人でいるのが、いちばん好きだった。損な性格だとは思うが生まれつきのものだから、どうしようもない。

水商売の店が立ち並ぶ裏通りを歩きながら、圭次の手はポケットのなかを探る。触れるのは千円札が一枚と数枚の硬貨だけ。これでは明日の小遣いにも困る。

「明日は学校をさぼって内職でもするか」

胸の奥で呟《つぶや》くように声をあげる。

圭次のいう内職とは恐喝《カツアゲ》のことである。

さすがに制服姿では足がつく恐れがあるが、私服ならまず捕まることはない。何人かをちょっと脅せば、万単位の金は手に入るはずだった。簡単なものだった。

十分ほど歩くと妙な光景が目に入った。男二人が制服姿の女子高生を路地に引っぱりこもうとしている。

一人が女子高生の腕を引き、もう一人が背中を押していた。女子高生が圭次のほうを見た。視線があった。他に人通りはない。三人はもつれ合うようにして狭い路地に消えた。

「まあ、いいか」と普段なら放っておくのだが、今日はちょっと様子が違った。ちらっと見ただけだったが、女子高生はかなり可愛い顔立ちをしていた。だから男たちも食指が動いたのだろうけど、二人の男はどこから見てもチンピラ風だった。

圭次はほんの少しその場に立ち止まってから、ゆっくりと路地に向かって歩き出した。両の拳を胸の前で、ごつんとぶつけながら。

細い路地に入って右に折れると小さな空間があり、三人がそこで争っていた。男の一人が女子高生の胸元に手をいれ、もう一人は後ろから手を回してスカートのなかを探ろうとしている。女子高生はさかんに体をよじっていたが、恐怖のためか、声は出せないようだ。

圭次は黙って男たちの前に立った。

「何だてめえは」

スカートのなかを探ろうとしていた男が圭次を真正面から見た。長い髪を金色に染めて、耳にはピアスをしている。

「何をしようとしてんだ」

低い声でいった。

こういう場面なら臆《おく》することもなく、ちゃんとした会話ができるのが自分でも不思議だった。

「見ての通りだろうが。ちょっと可愛がってやろうとしてるんだよ」

胸元から手を抜いた男が睨《にら》みつけるような目をしていった。こっちは赤い髪を短く刈りこんでいる。

「こんな場所でか」

押し殺した声を出した。

「ちゃっちゃと嵌《は》めてケータイで写真を撮れば、あとは俺たちのいうことを聞くより仕方ねえだろうが」

金髪男の言葉に圭次は両の拳を力一杯握りしめる。

「そんなことより、さっさと出てけよ。てめえの顔はしっかり覚えたからよ。通りに出て、ぎゃあぎゃあ騒ぐと、ろくなことにならねえぞ。俺たちのバックにはヤクザの幹部がついてるからよ」

睨みつけながら顎《あご》をしゃくった。

が、圭次は動かない。

「てめえ、俺たちのいってることがわかんねえのか。出てけっていってんだよ。聞いてんのか、このガキァ」

短髪の男が怒気を含んだ声でいうが、圭次は身動《みじろ》ぎもしないで突っ立ったままだ。

「いい度胸だな。それとも、びびりまくって足も動かねえか」

男が数歩前に出た。圭次のすぐ前に立って、胸倉に手を伸ばしてきた。そのとき、圭次の右の拳が男の鳩尾《ストマック》に叩きこまれた。肩も腰も充分に入ったストレートだったが、圭次にしたら手加減をしたパンチである。

短髪の男は尻もちをつくようにその場に崩れ落ち、腹を押えてうずくまった。立ちあがろうとしているが、その力はまったくないようだった。

「てめえ！」

様子を見ていた金髪男の顔に一瞬、怯《おび》えのようなものが走った。

「てめえ、こんなことをして、只《ただ》ですむと思ってんのか。俺たちのバックには——」

いい終らぬうちに、圭次は男のすぐ前に歩み出た。

男が右の拳を圭次の顔面に向かって突き出した。肩も腰も引けた、腕力だけのパンチだ。

圭次はひょいと顔を横に振ってかわしてから、拳を胸元で構えてステップを踏むように体を揺らした。余裕のある仕草《しぐさ》だった。

「ボクシングでも、やってんのか」

男が上ずった声をあげた。

「チャンプになるつもりだ」

ぼそっといった。

男がむちゃくちゃに拳を振り回した。

そのすべてをかわし、無造作に左のフックを顎に叩きこんだ。金髪男は物もいわずに崩れ落ちた。

傍《かたわ》らに目をやると呆然《ぼうぜん》とした様子で、女子高生はへたりこんでいる。

「おい、大丈夫なんか」

叫ぶようにいうと、女子高生は顔を左右に揺らすようにしてうなずいた。

「ほらっ」

自然に手が出た。あれだけ人見知りをする自分が……しかし、喧嘩のあとのことだからと考えればうなずける。

出された圭次の手を女子高生は握り、ようやく立ちあがった。圭次にとって女の子の手を握るのは初めてのことだった。

「歩けるか？」

と訊《き》くと、また顔を左右に揺らすようにしてうなずいた。

「とにかく、ここを出よう」

圭次は女子高生の手を握ったまま、路地から出た。

「あんた、名前は？」

思いきって訊いてみた。どう呼んだらいいのかわからないということもあったが、それよりも何よりも、圭次はむしょうにこの女子高生の名前が知りたかった。

「阪口佳子《さかぐちよしこ》……」

条件反射のようにして、その女子高生は抑揚のない声で答えた。まだ呆然とした様子で、顔色が青かった。

「じゃあ、阪口さん。とにかくここから離れよう」

圭次は佳子と名乗った女子高生の手を取って早足で歩き出した。喧嘩のときは静かだった胸が、早鐘を打つようだった。

気がつくと『珈琲屋』という古い喫茶店の前にいた。この店は確か、近所の噂《うわさ》で聞いたことのある……。

このままこの女子高生と別れたくなかった。

もう少し佳子と話がしたかった。

噂のある店だとはわかっていたが、まさに格好の場所が目の前にあるのだ。ここに入ればしばらくは佳子と一緒にいることができ、話もできる。

「入って少し休もうか」

こんな言葉が飛び出した。

圭次は佳子の手を握ったまま、古びた木製の扉を押した。鈴が澄んだ音を立てた。

「いらっしゃい」

低い男の声が響いた。

声のしたほうに目をやると、がっしりとした体格の背の高い男がカウンターから圭次を見ていた。

「あっ、こんにちは」

妙な挨拶をして、圭次は逃げ出すのを恐れるように、佳子の手をしっかり握ったまま奥の席に向かった。先に佳子を座らせてから、そっと手を離した。

「俺は、塚本《つかもと》圭次――」

佳子の前に座った圭次は、いきなり自分の名前をいった。胸の鼓動が速かった。

脇に男が立った。

宗田行介だ――。

「何にしましょうか」

コップをテーブルに置きながら、低い声で行介がいった。

「あっ、コーヒーでいいかな」

圭次はかすれた声で佳子に訊く。わずかに佳子がうなずくのを確認して、

「コーヒー、二つ」

疳高《かんだか》い声でいった。

いってから、ちらっと行介の顔に視線を走らせると目があった。柔和な目のように圭次には見えた。


珍しく父親の精一《せいいち》が早く帰ってきたようだ。

二階に上がってきた母親の千津子《ちづこ》が部屋の前で、おずおずと声をかけた。

「圭ちゃん、ご飯の支度できたから」

それだけいって母はそっと部屋の前を離れていく。

しばらくして六畳のダイニングキッチンに行くと食事はすでに始まっていた。

「圭ちゃん、ちっとも下りてこないから」

弁解するようにいう母の言葉を無視して、圭次はいつもの自分の席に座る。今夜の献

立はトンカツだ。

圭次は無言で箸を取り、無言で口に運ぶ。

「おっ、元気はつらつだな」

ビールを飲みながら機嫌を取るようにいう父に、

「あんたも、元気そうだな」

圭次は低い声で答える。

「まあ、俺の取柄《とりえ》は体が丈夫なことぐらいだからな」

精一は今年五十になるが、会社の健康診断ではいつも異常なしで再検査の通知がきたことは一度もない。ただ、精密機械を製造する中堅企業の中間管理職という立場もあって苦労が絶えないのか、頭髪のほうはかなり後退を始めている。もっとも精一の苦労は会社のほうよりも、圭次の素行のほうが大きいかもしれないが……。

「ちゃんと、学校には行ってるんだな」

呟くようにいう父に、

「まあまあ行ってる。兄貴の顔に泥を塗るようなことは最近してねえから、心配することはねえよ」

圭次は吐きすてる。

七つ違いの兄の洋一《よういち》は、圭次とは何もかも正反対といっていいほど優秀で、一昨年の春、都内の一流大学を出て一流の建築会社に入り、今は大阪支店に勤めていた。

父と母はこの兄が自慢で、圭次は何かといえば兄と比較されて育ってきた。

「洋一のためにも、圭ちゃんはおとなしくしてないとね」

遠慮がちにいう母に、

「だから、おとなしくしてるじゃねえか。まあ、就職はまだ決まってねえけどな」

二人の顔を交互に睨みつけるようにして圭次はいう。

圭次は小さいころから学校の成績が悪く、通っている高校も三流の私立で、さらにそこでも落ちこぼれているという状況だった。それだけならまだよかったが、およそ一年前の高校二年の冬、ある事件がきっかけで喧嘩三昧の毎日を送ることになり、これまで何度か警察の世話になっていた。幸い大事《おおごと》にはならずにすんでいるものの、もう一度事をおこせば退学間違いなしといった状態だった。

「そうだね、おとなしくしてるよね。本当に有難いと私は思ってるよ。何たって、おとなしくしてるのが圭ちゃんの仕事のようなもんだからね」

母の言葉に合せるように、

「そうだな、それがいちばん。就職にしたって別にアルバイトでも契約社員でも、食っていければ何でもいいんだからな。職業に貴賤《きせん》などはないからな」

父が相槌《あいづち》を打ちながらいう。

圭次の箸がぴたりと止まる。

「貴賤はあるんじゃねえのか――兄貴の仕事は上等で、俺の仕事は何をしようが最低。だから、最初から何も期待はしていねえ。あんたたちはそう思ってるんじゃねえのか」

持っていた茶碗を叩きつけるようにテーブルに置いた。

「そんなことは、俺たちは――なあ」

助けを求めるようにいう父に、

「そうだよ。そんなこと誰も思ってやしないよ。洋一も圭ちゃんも、私たちの大事な子供だもの」

おろおろ声で母はいった。

圭次は何かにつけて自分の機嫌をとろうとする両親の態度が嫌いだった。

「俺も兄貴もあんたたちの子供には違いねえだろうけど、大事な子供というのは兄貴だけで俺は別物なんだろうが」

思いきりテーブルを両手で叩いた。

ビールの入ったコップが倒れた。

久しぶりにまたやってしまったと思いつつ、圭次はさっと立ちあがる。荒い足取りで階段に向かう。階段を登りながらちらりと振り向くと、テーブルを片づけながら、ほっとしたような表情を浮べている両親の顔が目に入った。

圭次は四畳半の自分の部屋に入り、ベッドの上に乱暴に体を投げ出す。手枕をして睨みつけるように天井を見る。

二年生の冬——あれがなければ今でも劣等生なりに自分も頑張っていたはずだ。

圭次は格闘技が好きだった。といっても小中学生のころはテレビゲームが専門で、学校から帰るとリモコンを手にして時間の許す限り夢中で遊んだ。ひょっとしたら、格闘技が好きでゲームに夢中になったわけではなく、ゲームに夢中になった結果、格闘技が好きになったのかもしれない。

高校に入ってからボクシング部に所属した。練習は厳しかったが苦にはならなかった。むしろ楽しかった。縄跳びをし、パンチングボールを叩き、サンドバッグを打ち……ロードワークは朝晩十キロずつ走った。

一年の夏休みの合宿のあと、初めてスパーリングをやった。

十六オンスのグラブをはめ、ヘッドギアをつけて上級生と打ち合った。力の差は歴然としていて話にならなかったが、二ラウンドの終了間際、何気なく打ったストレートが相手の顔面にまともに当たった。確かな手応えが拳に伝わった。

上級生は、膝から崩れるようにしてマットに沈んだ。

初スパーリングでのＫＯ勝ちだった。自分でも信じられなかった。ラッキーパンチとはいえ、一発で相手を倒したのは確かなのだ。このときから圭次はハードパンチャーと部員たちから呼ばれるようになった。

防御法や打ち方のテクニックを教わるごとに、圭次はみるみる上達していった。二年になった春には、上級生でさえ圭次の敵ではなくなった。

「筋肉がやわらかくて、しなりがある。お前ならプロに行っても成功するかもしれん。ひょっとしたら、チャンプにも——」

コーチのこの一言が圭次を有頂天にさせた。勉強はできなくても、あるいはプロのボクシングの世界で……圭次はますますボクシングにのめりこんでいった。

その年の冬に事件がおきた。

学校の近くの脇道で、顔見知りの下級生が他校の不良三人に囲まれているのを圭次は目にした。恐喝だった。

圭次はすぐにその場に飛びこみ、乱闘になった。その結果、恐喝していた三人のうち二人が鼻の骨を折り、一人が前歯を折るという事態になった。この件は学校にも知れ、相手は傷害事件として警察に訴えた。示談になって事なきを得たものの警察が下した判断は過剰防衛というものだった。

相手が複数だったという点よりも、怪我を負わせたという点が問題になるという奇妙な判断だった。そして圭次はボクシング部を強制退部させられた。健全な精神を持ち合わせていない者に、ボクシングをやらせるわけにはいかないというのが理由だった。

圭次は荒れた。
何もかもが理不尽だった。
ベッドの上で天井を睨みつける圭次の脳裏に、チンピラたちから助けてやった佳子の顔が浮んだ。明日、あの珈琲屋という店へもう一度行ってみようと思った。

恐喝を三件やり、三万円ほどの金を手にして圭次が珈琲屋を訪れたのは夕方の四時頃だった。今日は制服ではなくジーンズにスウェットのパーカー姿。むろん、学校はさぼりだ。

昨日佳子と一緒に座った席に腰をおろすと、何となく幸福感が体中をつつみこむような気分になった。この気分を味わうために自分はここにやってきたのだと圭次は思った。圭次は生まれてこのかた、あれほど真剣に女性と話をしたのは初めてだった。というより、年頃の女の子と、ちゃんとした話をしたことなど一度もなかった。誇張でも何でもなく本当にだ。

人と話をするのは苦手だったが、女の子を前にするとそれがより顕著になり、一言も言葉が出なくなった。胸の鼓動が極端に速くなり、咽《のど》がからからに渇いた。うつむいて視線を落しているより術はなかった。それが昨日は佳子と……。
そんなことを考えていると「何にしましょうか」と声がかかり、目の前に水の入ったコップが置かれた。視線を向けるとマスターの行介が立っていた。

「あっ、コーヒーを」

何の理由もなく顔を赤らめながら口に出すと、

「今日は一人ですか」

行介が柔和な目を向けた。

「何というか、昨日は特別な日だったというか、偶然というか、ちょっとした事件があったというか」

しどろもどろになって答えると、

「いいですね、若いというのは」

行介は小さくうなずいて、その場を去っていった。

熱いコーヒーが運ばれ、圭次はゆっくりとそれを口に含みながら昨日のことを胸のなかで反芻《はんすう》する。すぐに佳子の顔が頭のすべてを占領する。

佳子は椅子に座ってしばらく体の震えが止まらないようだったが、それも十分ほどで収まり、おずおずとコーヒーに手を伸ばした。両手でつつむようにしてカップを持ち、そっと口に運んだ。こくっと飲みこんで小さな吐息をついた。

「大丈夫なんか」

心臓の鼓動を悟られないように、できる限り何気ない調子で声を出す。

「はい」

と佳子はかすれた声でいってから、

「どうも、ありがとうございました」

その場に立ちあがり、圭次に向かって体を折るようにして頭を下げた。圭次も慌《あわ》てて立ちあがり、これも筋肉質の体を倒すようにして頭を下げる。頭を上げたのは同時だった。視線があった。どことなく恥ずかしそうな笑みを佳子は顔に浮べた。

とたんに圭次の心が軽くなった。何はともあれ、佳子は笑みを浮べたのだ。それも自分と目を合せてから。嬉しさが体中をつつみこんだ。今まで経験したことのない感覚だった。耳が赤くなるのがわかった。

二人は同時に席に座った。

やはり可愛い顔だった。

大きな目とやわらかそうな鼻すじ、唇がやや小さめでそれが少女っぽさを誘ったがその下の顎が細いため、全体的に見ればバランスがとれていて申し分なかった。

「あのー、変なとこ、触られなかった?」

蚊の鳴くような声だった。

「上は触られたけど、下は体をよじって死守しましたから」

死守したと佳子はいった。ほっとする言葉に聞こえた。圭次の胸を安堵の思いが駆け抜ける。

「この辺に住んでるのか？」

と訊く圭次に、家は江古田のほうだと佳子はいった。

たまたま授業が早く終り、こっちのほうの友達に会いにきて、あんな目に遭ったのだと。何度もきているが、あんなことは初めてだと肩を落して口にしたが、顔色は元に戻っていた。

学校名を訊くと、佳子は都内でも有数の進学校の名前をあげて二年生だといった。そして、圭次の学校名を訊いてきた。

「俺は落ちこぼれの不良だから」

と前置きをして、素直に自分の通っている私立高校の名前を教えた。佳子には嘘《うそ》をいってはいけない気がした。

「不良なんですか！」

両目を大きく開けて凝視してくる佳子の視線が眩《まぶ》しく、圭次は思わず目をそらす。

「そう、不良。毎日、喧嘩やら恐喝ばかりしてるから、落ちこぼれの不良」

テーブルを見つめたままいった。

「喧嘩に恐喝ですか。そうなんですか」

佳子の視線が体に突き刺さる思いがした。

「一言でいうと、人間の屑《くず》。そういうことだからよ」

投げやりな口調でいうと、

「私、そういう人を近くで見るの初めてなんです。学校の男の子たちは勉強づけの毎日で、みんな弱々しい人たちばかりだし。だから私、塚本さんのような人を見るのは珍しいというか、楽しいというか」

圭次の胸がどんと鳴った。

おずおずと顔をあげると、微笑を浮べた佳子が圭次を見ていた。温かな顔に見えた。

「それで、あんなに喧嘩が強いんですね」

目を輝かせていう佳子に、

「あれはボクシング——俺は前にボクシングをやってたから。小さいときに格闘技ゲームにはまって、それの延長でボクシングオタクになってしまった」

偽りのない本音だった。

圭次は自分のことをオタクだと思っている。

格闘技以外のことには不器用な対応しかできず、友達と呼べる人間は一人もいなかった。ハードパンチャーで鳴らした、ボクシング部に籍を置いていたころはまがりなりにも仲間はいたが、いざ部を離れると誰も寄りつかなくなった。それだけの間柄だった。

「ボクシングオタクなんですか。でもそれって、スポーツをやる人の必須条件のような気がしますけど」

　圭次の言葉に佳子はこう答えた。

　スポーツをやる者の必須条件――圭次の目頭が熱くなった。ずっと洟《はな》をすすった。

「あの、泣いてるんですか」

　顔を覗《のぞ》きこむようにして佳子がいった。

「泣いてなんかいねえよ。男が泣くわけねえだろうが」

「でも、泣いてますよ」

　やわらかな声で佳子はいい、

「塚本さんて、きっと気は優しくて力持ちなんですよ。そんなこと隠すことないですよ。素晴らしいことですよ」

　諭すような口調であとをつづけた。

　このとき圭次の胸のなかで何かが弾けた。

　甘酸っぱくて懐かしいものだった。

　圭次は自分の生いたちから、事件をおこしてボクシング部を追放されるまでのすべてを、佳子に話してみたい衝動にかられた。佳子なら素直に聞いてくれるような気がした。話すなら、佳子の他にはいないと圭次は思った。

「あの、俺の話を聞いてくれますか」

素直な言葉が口から出た。

佳子がこくんとうなずいた。

それから、つかえつかえだったが圭次は自分のすべてを佳子に話した。

家では兄の洋一が期待されていて、自分はおとなしくしていろと両親からいわれつづけていると口にしたところで、

「それって変ですよね。人にはそれぞれ個性があるんだから。お兄さんの頭のいいのが個性っていうのなら、塚本さんのボクシングの強さも威張っていい個性ですから」

佳子はそんなことをいった。

また、ボクシング部を追放された一件では、

「ひどい！　世の中おかしい、間違ってる。塚本さんは悪くないと思う」

と、声を大きくして警察や学校側の対応を非難した。

互いのことを話しているうちに時間はあっという間に過ぎ、珈琲屋に入ってそろそろ一時間半がたとうとしていた。佳子は機嫌よく前の席に座っているが、いつまでもここに引き止めておくわけにはいかない。が、圭次にはもうひとつだけ佳子に訊きたいことがあった。だが、なかなかそれを口に出すことができなかった。

「私、そろそろ」

店の時計に目をやりながら佳子がいったとき、圭次は臍《ほぞ》を固めた。傍らのカバンから

ノートを引っぱり出して、一ページ分を破り取った。圭次は急いでそれに数字を書いた。自分のケータイの番号だ。

「あの、何かあったらここに」

おずおずと差し出した。

圭次がこんな積極的な行動に出たのは初めてだった。そして――。

「よかったら、何というか、阪口さんのケータイの番号というか、それを教えてもらえれば嬉しいんだけど」

つまりつまりいってから、

「あの、もちろん、むやみに電話なんかしません。本当に用事のあるときしかしません。嘘じゃないですから」

今度はまくしたてるようにいった。

佳子が圭次の顔を真直ぐ見た。

凝視するような視線だったが、それがふいに笑みに変った。あの温かな笑顔だった。

「いいですよ。私と塚本さんは、もう友達なんだから。それに、塚本さんは気は優しくて力持ち。信用できる人だから」

佳子はそういって、圭次が破ったページの空いているところに自分のケータイの番号を書きこんだ。それをていねいに二つに折り、器用な手つきで破って片方を圭次にわたし、もう片方を自分のカバンのなかにしまった。

圭次の胸に灯りがともった。

今まで感じたことのない、心の奥底にしみこむ穏やかな灯りだった。

それがまだ昨日のことだった。

「阪口佳子……」

口のなかで転がすように呟くと、前の席に誰かが座りこむのがわかった。

顔をあげると見知った顔が二つ並んでいた。昨日、佳子を路地の奥に引っぱりこんだ二人連れだ。

「てめえら！」

睨みつけるような目で二人を見ると、

「いや、探したぜ兄ちゃん。どうせここいらに住んでるだろうと思って、昼からずっとこの辺をあっちこっちとよ」

金髪男が睨み返してきた。

「面白えな。また俺と殴り合うつもりか。そうならそうで、昨日のような手加減はもうしねえから、そう思え」

得体の知れない怒りが湧いた。

もし自分が通りかからなければ佳子はこいつらの手で。

嫌な笑いを浮べて圭次の顔を見た。

「今日は殴り合いにきたわけじゃねえよ。別の用件できたんだ」

隣の短髪の男が驚いたようにいい、

「手加減したってか!」

ベッドに寝転がって天井を見る。

今までは気にもとめなかったが、やけに節の多い天井だった。数をかぞえようとしたが諦めて目を閉じる。

「三百万か……」

ぼそっと圭次は呟いた。

いったい何度恐喝を繰り返せば、それだけの金額になるのか。計算をしようとして、すぐにやめた。期限は三日間なのだ。どうあがいてみても、そんな大金が手に入るはずがなかった。

となると、あとは親に泣きつくしか術はなかったが、それだけは嫌だった。しかし払わないとなると、自分はともかく兄の洋一にまで危害がおよぶことになる。邪魔者扱いされている自分とは違い、兄は両親の期待を一身に受けていた。それだけに迷惑だけはかけたくなかった。決して仲のいい兄弟ではなかったが、それが圭次の最低限のプライドともいえるものだった。

つい二時間ほど前——。

コーヒーを持ってきた行介がカウンターに戻ったあと、組の若頭の笹本《ささもと》さんに洗いざらいぶちまけた。

「てめえのことは俺たちの後ろについている、組の若頭の笹本さんに洗いざらいぶちまけた。そしたら、何ていったと思う」

「そんなこと、俺が知るわけがねえだろうがよ」

駅裏のビルに事務所をおく組の名前をあげてから、金髪男はこんなことをいった。

男の顔を睨みつけながらいう圭次に、

「ヤクザが素人になめられてどうする。きっちり落し前をつけてくるか、でなけりゃ、懲役かけてもいいから筋を通してこいってハッパをかけられた訳さ」

笑いながら金髪男はいった。

「懲役をかける?」

怪訝《けげん》な表情を浮べる圭次に、

「刑務所《ムショ》に入ってもいいから、ヤクザの筋を通せということだよ。要するに、どんな手を使ってもいいということだ、ド素人が」

短髪の男が吐きすてるようにいった。

「どんな手を使っても……」

「そうだ。どんな手を使ってもいいという、許しが出たってことだ。つまり、単なる喧嘩じゃなく、これはてめえの家族全員と組との戦争っていうことだ」

勝ち誇ったような目で金髪男が圭次を見た。

「なんで家族全員なんだよ。てめえたちとやりあったのは俺一人じゃねえか。家族は関係ねえじゃないか」

思わず声を荒げる圭次に、

「てめえは莫迦《ばか》か。ヤクザと事をおこすということは、そういうことにきまってるだろうが。こんなことは、初めからわかりきったことじゃねえか」

金髪男はうす笑いを浮べた。

「家族は関係ねえだろ、俺だけにしてくれ」

圭次は声を絞り出した。

「寝呆《ねぼ》けたこといってんじゃねえ。ヤクザのいたぶりが、どんなものか思い知らせてやるから、そう思え。てめえがいくら強くても、組全部を敵にまわして喧嘩《ゴロ》まくわけにはいかねえだろうが。それとも、やってみるか、得意のボクシングでよ」

圭次の全身がすっと冷えた。

目の前の二人を叩きのめすのは簡単だが、ヤクザの組を相手に喧嘩をして勝てる道理はなかった。それにこの男たちは、家族全員をターゲットにするといっているのだ。

「まずは親父の会社に出向いて嫌がらせをさせてもらうか。その次は兄弟の会社、姉貴がいれば、それをどうかしてもいいよな。何たって組からの許しが出てるんだからなあ、ボクシングの兄ちゃんよ」

短髪の男が嘲笑を浮べた。

「つまんねえことに首を突っ込むから、こういうことになるんだ。莫迦野郎が」

吐きすてるようにいう金髪男の顔を圭次は真直ぐ見た。

「その……落し前っていうのは、どうすりゃいいんだ」

かすれた声でいった。

「ほう、その気になったのか、兄ちゃん」

金髪男は嬉しそうにいい、

「素人が落し前をつけるっていったら、金しかねえだろがよ」

妙に真面目な顔をしていった。

「金……」

ぽつりという圭次に、

「まあ、三百万ほどで我慢してやるよ。どうする兄ちゃん」

低い声で男はいった。

「最低の線だ。それでチャラにしてやるっていうんだから、ありがたく思え」

恩に着せるようなことを短髪の男はいい、

「三日間待ってやるよ。三日後のこの時間に三百万、耳を揃《そろ》えてここに持ってこい。わかったな、莫迦野郎が。話はそれだけだ」

ゆっくりと立ちあがった。

「それからな。警察に駆けこんでもいいけど、そのときは二番手がてめえたちをいたぶることになるからな。俺たち以上にな」

念を押すように短髪の男がいった。

つづいて席を立った金髪男がテーブルのコップを手にして、圭次の顔に水をぶっかけた。

「じゃあな、ボクシングの兄ちゃん」

圭次の全身に怒りが湧いた。

だが、何もできなかった。

どれほどの時間がたったのか。

伝票を手に、ふらっとレジ台の前に歩くと、低い声を行介が出した。

「あいつら、ヤクザだな」

かすかにうなずくと、

「何があったか、話してみないか」

「それは」

圭次は一瞬、甲高い声を出してから肩を落とし、黙って代金を払って外に出た。どうしたらいいのか考えがまとまらず、思考が停止していた。

「三百万か……」

閉じていた目を開け、天井を睨みつけながら圭次は再び声に出して呟いてみる。どう考えても圭次に工面できる金額ではなかった。頭に浮んでくるのは佳子の顔だけだった。逢いたかった。むしょうに逢いたかった。

ケータイの番号は知っていたが、かけるわけにはいかなかった。あのとき圭次は、「むやみに電話なんかしません。本当に用事のあるときしかしません」とはっきりいいきったのだ。

ではどうしたら……。

圭次は佳子の住所を知らない。知っているのは江古田の辺りに住んでいるということだけだった。江古田といっても漠然としていて、探しあてるのは不可能に近い。と考えているうちに妙なことに気がついた。

圭次は佳子の家を訪ねることはできないが、佳子は圭次の家にくることができるのだ。この付近にきて、自分の名前を口に出せば知っている人間も多い。そうすればと考えて圭次はベッドの上で首を左右に振る。

「不公平」

こんな言葉が口からこぼれた。

その瞬間、佳子に逢える方法が圭次の頭に閃《ひらめ》いた。学校だ。どこの学校に通っているかを佳子は教えてくれた。校門の前で待っていれば、いずれ佳子はそこに現れる。いつになるかわからないが、気長に待てば必ず。

しかし、それを実行したとしたら……佳子と知り合ったのは、まだ昨日のことなのだ。そんなことをすれば、ストーカーに間違えられるかも。だが圭次は佳子に逢いたかった。逢ってどうなるものでもないことはわかっていたが逢いたかった。

「阪口佳子……」

口に出して名前を呼んだ。

とたんに胸が刺されるように疼《うず》いた。

佳子を助けなければ、こんな展開になることはなかったはずなのに、それでも佳子に出逢えてよかったと圭次は思った。

佳子が好きで好きでたまらなかった。

一日が過ぎた。

ベッドの上であれこれ考えを巡らせてはみるものの、何の名案も浮ばなかった。

ただ、佳子に逢いたいという思いが膨れあがるだけだった。佳子に逢えれば思い残すことはないような気がした。そう、圭次は心の片隅で死を覚悟していた。自分が死ねばすべては丸く収まる気がした。だが、そんなことがはたしてできるものなのか。

昨夜の母親との会話が蘇った。

父親は遅くなるようで、圭次は母と向きあって夕食を摂《と》っていた。

「圭ちゃん。何だかすごく暗い顔をしてるけど何かあったの」

「別に――」

短く答える圭次に、

「でも、何となくいつもと様子が違うようだし、何かあったのならきちんといってくれないと」

そういって母は口を閉じた。

「きちんと、いわねえと、手の打ちようがないってか。取り返しのつかねえことになると、兄貴に迷惑がかかるってか」

「それは、圭ちゃんの思いすごしよ……ただね」

母は奥歯に物が挟まったようないい方をした。

「ただ、何だよ」

「順調な道を歩んでいる人間の生活を壊す権利は、誰にもないからね」

テーブルの上に視線を落して母はいった。

「綺麗な言葉だな、文句のつけようがねえ。そういわれたら、何の反論もできねえよな」

圭次はぷつんと言葉を切ってから、

「けど、家族なら」

ぼそっといった。

「家族ならって——家族なら誰かの生活を壊してもいいっていうの、圭ちゃんは」

母が声を張りあげた。いつも自分の顔色を窺《うかが》うようにしている母には珍しいことだった。

「家族なら、多少のことは許されるんじゃねえのか。何たって家族なんだからよ」

いつもなら黙りこむか席を立つ圭次が、これも珍しく反論した。

「ないわ、そんなこと。家族だからこそ、きちんと生活をしている者の立場に合せるべきだと私は思うわ」

「下に合せるのは簡単だけど、上に合せるのはかなりきついぜ。それでも、そういうことなのか」

「別にきついことはないはずよ。人間らしく生きれば、それでいいんだからね」

母は諭すようないい方をした。

「あんたたちは、人間らしく生きてんのか。周りの顔色ばっかり窺って生きてんじゃねえのか。兄貴のために、なるべく後ろ指を差されないように」

圭次は叩きつけるようにいった。

「親が子供のために気を遣うのは、当然のことでしょ」

心なしか声が小さくなった。

「俺も、あんたたちの子供だけどよ」

圭次が低い声でいうと、

「圭ちゃんが私たちの子供であるのは間違いないけど、同時に洋一の弟でもあるのよ。だからね」

念を押すようにいう。

どんな話をしようが、結局最終的な結論はここに落ちつくのだ。そして次に出てくる言葉も圭次にはわかっていた。

「圭ちゃんの仕事はおとなしくしてること。何にも難しいことじゃないでしょ」

予想通りの言葉を聞いた瞬間、圭次の胸にいいようのない淋しさが湧きおこった。こんな家族、ぶっ壊れても。そんな思いがふっと胸をよぎった。しかし、そんなことはやはり……。

圭次はベッドの上に起きあがる。

佳子に逢いたい。

圭次の思考の終りに浮ぶのはこの思いだけだった。一目だけでも佳子の顔を見ることができればと考えてみて、向こうにわからなければいいことに気がついた。わからなければ何の問題もないはずなのだ。佳子の顔を物陰からそっと見て帰ってくれば、何の支障もない。

ほんの少しでも佳子の顔を見ることができれば、腹は括れる。そんな気がした。潔く死ぬことだってできるはずだ。あいつらの手で自分が死ぬことになれば、それ以上は手を出すことはない。いちおうは丸く収まるはずだ。

明日、佳子の通う学校に行ってみよう。

見るだけならいいのだ。

圭次はそう決心した。


都合のいいことに、佳子の通う学校の正門前には銀杏《いちょう》並木があった。

圭次が銀杏の木の陰に身をひそめたのが三時頃。それから生徒たちはぽつぽつと正門から通りに出てきたが、佳子の姿はない。もしかして正門以外の出入口を使っているのかもしれない。

五時になった。正門から出てくる生徒の数がかなり多くなった。ひょっとしたら見落してしまうのではと、圭次は必死の形相で正門付近を睨みつけるが、佳子らしい姿はどこにもない。

六時近くになり、駄目かと圭次が諦めかけたとき、突然正門の辺りが輝いたような気がした。いた。佳子だ。

紺のセーラー服姿の佳子が、友達三人と喋《しゃべ》りながら正門から出てきた。圭次の前を通りすぎた。

圭次の胸は早鐘を打つように鳴り響いている。口も渇いてきた。佳子たちの歩く速度に合せて、圭次も銀杏の木から木へと移動する。

正面から顔が見たかったが、それをしようとすると佳子から見つけられる可能性が大きくなる。それだけは避けなければならない。

「佳子……」

圭次は呪文のように佳子の名前を呟き、木に身を隠しながらあとを追う。

異変はそのあとにおきた。

何のつもりか、佳子が後ろを振り返ったのだ。圭次はちょうど木と木の間にいて、通りから丸見えの状態だった。

時間が一瞬停止したような気がした。

二人の視線が交わった。

「あっ！」

圭次は思わず小さな叫び声をあげた。

体が固まったように動けなくなった。

心臓が今にも爆発しそうで、首から顔までが真赤に染まった。

佳子のほうは——。

明らかに驚きの表情だ。

目を大きく見開いて圭次の顔を凝視している。そのあとすぐに、佳子は首をわずかに左右に振って顔を正面に戻した。友達がいるから、これ以上近づくなという意味にもとれたし、なぜこんなところで待ち伏せなど……という意思表示にもとれた。いずれにしても、佳子に拒否されたことは確かといえた。

圭次の全身を絶望感が襲った。

やはりくるべきではなかった。

これでもう、二度と佳子と逢うこともできないし、むろん、ケータイに電話することもできない。圭次はその場にしゃがみこんだ。全身の力が抜けていた。

そのときだった。

後ろ姿の佳子の右手が動くのがわかった。

あれは……佳子は脇にたらした手の先を後ろに向かって振っていた。つまり、圭次に向かって佳子は手を振っているのだ。

圭次の体に力がみなぎった。

佳子が自分に向かって手を。

嬉しさが全身を突き抜けた。

「阪口佳子」

はっきり声に出していった。

いつもより大きめの声だった。


三日目の午後。

圭次は約束より一時間ほど早く珈琲屋に着いた。むろん、金などは持っていない。圭次は命を張るつもりでここにきた。そうすれば、家族に大きな迷惑はかからないはずだった。

圭次は佳子と一緒に座った奥の席に向かう。客は他にカップルが一組いるだけで、店は静かだった。

「何にしますか」

すぐに水をいれたコップをトレイに載せて行介がやってくる。

「あっ、コーヒーを」

上ずった声で圭次は答える。

いくら昨日佳子の顔を見て思い残すことはないといっても、命を張る場面がすぐそこに迫っていた。落ちついてはいられない。

何か言葉をかけられるかと思ったら、行介は注文を訊いただけであっさりと戻っていった。

しばらくして熱いコーヒーが運ばれてきた。

「熱いですから」

と行介はぼそっとした調子でいい、そのまま圭次の前に座りこんだ。

「まだ、話す気にはならないのかな」

圭次の顔を真直ぐ見て行介がいった。

「それは……」

といって、圭次はなぜ自分がこの店に一時間も前にきたのか、その理由がようやくわかった。自分は行介に話を聞いてもらいたかったのだ。それしか考えられなかった。この、人を殺したことのある珈琲屋のマスターに。

「よけいなおせっかいかもしれないが、妙に圭次君のことが気になってね」

行介は圭次の名前を知っていた。

「あの、俺の名前を――」

怪訝な表情を見せる圭次に、

「圭次君の家はこの辺りでは有名だから。兄さんは成績抜群の優等生で、弟はその逆ともいえる、不良の落ちこぼれ。けっこう、目立つ存在だからね」

行介ははっきりした口調でいい、

「もっとも俺は、優等生より不良のほうが好きだけどね」

にこやかに笑った。

「あっ、それはありがとうございます」

素直な言葉が口から出た。

前に座る行介の体からは圧倒的な何かが漂っていた。それは多分……。

「すみません。全部話しますから、聞いてくれますか」

うなずく行介にこれまでの一部始終を圭次は話し出した。

家での立場からボクシングのこと。路地に連れこまれた佳子を救った件。そのために、ヤクザから脅しをかけられていることまで、すべてをつつみ隠さず、圭次は詳細に語った。

「なるほど。そのチンピラたち二人が、もうすぐこの店にくるということなのか」

太い腕をくみながら行介が独り言のようにいう。

「で、圭次君は死ぬつもりで、ここにきた。そういうことか」

「はい。すみません」

「謝ることはないが、本当に死ねるのか」

よく通る声だった。

「そのつもりです。昨日彼女に逢うこともできましたし、腹は括《くく》っているつもりです」

幾分恥ずかしさを感じながら圭次は答える。

「思い残すことはないか。しかし、死ぬということは口では簡単にいえるが、いざ直面してみると相当難しいことだと思うが」

「それはそうですが、他に方法が」

咽につまった声で答えると、

「徹底的に戦ってみたらどうだ。圭次君は何も悪いことをしたわけじゃないんだから。むろん、警察も介入させてだが」

腹に響くような声でいった。

「そんなことをしたら、うちの家は」

「壊れてしまうか——しかし、その程度で壊れるなら、それは家族とはいえないんじゃないか。むろん、世間にすねて不良をやっている圭次君も悪いが、優等生という立場の兄さんを持ちあげすぎているご両親もよくない。極端が過ぎるから、今は何とかバランスを保っているが、そこに何かがおきると……」

圭次の顔を行介がじっと見ていた。

「双方がもう少し歩み寄れば、ちゃんとした家庭ができるような気がするんだが、無理だろうか」

「双方がですか？」

「そうだ。何につけてもそうだが、世の中、自分一人が生きてるわけじゃないからな。一人で努力しても、一人ですねてみても何も変えることはできないと俺は思う。すまないな、お説教じみたことを並べたてて。そんなことのいえる人間じゃないんだが」

「いえ、そんな」

と圭次がいったところで、扉の上についている鈴が小さな音を立てた。あの二人がやってきたのだ。


「よう、兄ちゃん、きてたか」

金髪男が上機嫌の様子でいって圭次の前に立った。隣には短髪の男が顔を歪《ゆが》ませて笑っている。じろりと行介の顔を見て、

「どけよ、おっさん」

ドスの利いた声を金髪男が出した。

そのとき、カップルの客の男のほうが声をあげた。

「すみません」

二人はすでにレジの前に立っている。

どうやら、妙な雰囲気を感じて帰ったほうが無難だと悟ったような素振りだった。

行介が立ちあがり、ゆっくりとレジに向かう。戻ってくるかと思ったら、行介はそのままカウンターのなかに入った。圭次にしたら、拍子抜けのする行介の態度だった。

「兄ちゃん、金を出せや」

前に座った短髪の男が顎をしゃくった。

何と答えたらいいのか、ちらりとカウンターに目をやると、鋭い目で自分を見ている行介の視線とぶつかった。強い光を持った目だった。圭次は自分の体のなかに気力が湧きおこるのを感じた。

「ねえよ、そんなもん」

はっきりした口調でいった。

「ねえとはどういうことだ。てめえ、この期におよんで俺たちに喧嘩を売る気か」

金髪男が睨みつけた。

「喧嘩を売る気はねえけど、俺はてめえたちと徹底的に戦うことにした」

「てめえ、家族がどうなってもいいのか」

金髪男が懐にゆっくりと手をいれた。

「家族は俺が守る。むろん、警察と一緒にだ」

語尾が少し震えた。金髪男の懐のものが気になった。

「いい度胸だな、兄ちゃん。じゃあ、ちゃんと金を払う気にさせてやろうか」

男が懐から何かを抜いた。

匕首《あいくち》だ。圭次の体がさあっと凍えた。刃物とやりあうのは初めてだった。男は切っ先を圭次の鼻先につきつけた。

「死んでみるか、いっぺん」

体が縮んで動かなくなった。失禁寸前だった。あれほど死んでみせると心に誓ってここに乗りこんできたのに。いざとなったらこのざまだ。情けなかった。

「どうした。ボクシングの兄ちゃんよ」

男が切っ先で圭次の頬を叩こうとしたとき、動きがぴたりと止まった。すぐ脇に誰かが立っていた。行介だ。いつの間にきたのか、行介の右手が匕首を持つ金髪男の手首をがっちり握りこんでいた。

「俺の店で勝手なまねは許さん」

「痛えっ……」

柔道で鍛えた行介の握力は半端ではないはずだ。男の手から匕首が離れて床に落ちた。が、行介はさらに男の手首を締めつけた。

「折れるよ、骨が……」

泣き出しそうな声を男が出したとき、

「それぐらいにしてやってくれませんか、宗田行介さん」

後ろから声がかかった。

圭次が振り向くと、行介と体つきの似た男が顔に笑みを浮べて立っていた。年も同じくらいだ。

「あんたは？」

と行介が声を出すと同時に、

「若頭っ」

短髪の男が叫ぶような声をあげた。

「そういうことです。こいつらの面倒を見ている、笹本《ささもと》というものです」

笹本と名乗った男は行介に向かって、ていねいに頭を下げた。

「この屑どもの、親玉か」

吐きすてるようにいって行介は金髪男の手首を離した。

「屑には違いないが、誰かが面倒を見てやらないと、こいつらも生きていけないからね」

笹本は鷹揚《おうよう》な口調で答えた。

「若頭、どうしてここへ」

つかまれた手首をさすりながら金髪男がいう。

「お前らの金の受け取り場所が珈琲屋だということを思い出して、それで気になってきてみたんだが」

「気になったと、いいますと」

短髪の男が怪訝そうな表情を浮べる。

「宗田行介さんの顔を一目見たくってな。宗田さんに殺された青野《あおの》という地上げ屋は俺の知り人だったから、それでついな」

「殺された！」

笹本の言葉に金髪男が素頓狂な声をあげる。

「あんた、あの男を知ってるのか」

行介が睨みつけるような目を笹本に向けた。

「ああ、少しな。だからといって宗田さんには何の遺恨もないので、ご心配なく」

「そうか。じゃあ、この屑どもを連れてとっとと帰ってくれないか。前科者の俺がいうのも変だが、俺はヤクザが嫌いなんだ。それから、もうこの男には手を出さんでくれ」

行介が目顔で圭次を差した。

「そうはいきません。ここまで素人衆に莫迦にされて、黙って帰るわけには。スジモノにはスジモノの面子《メンツ》というものがありますから」

笹本の右手がゆっくりと背広の懐に入る。

「俺と殺し合いでもするつもりか、あんた」

腰を低くして行介がいった。

「それも、いいかもしれませんね」

二人は互いに手の届く距離で睨み合った。

異様な雰囲気が周りをつつみこんだ。

圭次は咽をごくりと鳴らした。

正真正銘の命のやりとりの場だった。

この睨み合いの均衡が破れたとき、どちらかが……。

圭次は両の拳をしっかりと握りしめる。

そのとき金髪男の右手が床に転がっていた匕首をひろいあげた。切っ先を行介に向けて躍りかかった。

圭次の体がとっさに動いた。

右のストレートが金髪男の顎に飛んだ。

テーブル越しの無理なストレートだったが、男は後ろに吹っ飛んで動かなくなった。

慌てて視線を睨み合う二人に向けると、笹本の右手は懐から抜かれて脇にたれていた。

行介のほうも低く落していた腰が心持ち伸びている。

「すごいな兄ちゃん。聞いてはいたが、なかなかのハードパンチャーだ。これじゃあ、この二人が歯が立たないのも無理はない。もっとも、その屑のおかげで私は命を救われましたがね」

訳のわからないことをいった。

「えっ、どういうことですか」

思わず声をあげる圭次に、

「屑通りの卑怯な振舞をしてくれたおかげで、殺し合いの空気がそっちへ移った——そういうことだね。あのまま睨みあってたら、私の匕首はこの人の体をえぐっただろうが、その瞬間、あの太い腕で私の首はへし折られていただろうから。いやあ、命をすててかかる人間は怖い。懲役に行くのはいいが、私はまだまだ命が惜しいからね」

笹本は淡々といい、

「兄ちゃん、不良なんぞはやめてボクシングに精を出したほうがいい。その根性なら、きっとベルトを腰に巻ける」

圭次に向かって小さくうなずき、短髪の男に顎をしゃくった。短髪の男が金髪男の傍らにいき、頬《ほお》を手で叩いた。

「じゃあ、宗田さん。私たちはもう帰りますから。そこの兄ちゃんにはもう手を出さないので、心配なきように」

　笹本は札入れから一万円札を抜いて傍らのテーブルに置き、扉に向かった。

すぐに金髪男に肩を貸した短髪の男がつづく。扉の前で笹本が振り返った。

「いくら嫌われ者の屑でも、生きていかなければなりませんからね。それぐらいは大目に見てやってください」

　それだけいって扉の向こうに消えた。

　三人が店を出ると同時に、行介が圭次の前の席に座りこんだ。

「大丈夫か、怪我はしなかったか」

　肩で大きく息をしていった。

「はい。宗田さんこそ、大丈夫ですか」

「ああ、本当にあの屑男が動いてくれてよかった。あのままだったら、あの男がいうように二人とも死んでたかもしれん」

　二人はしばらく黙りこんだ。

「電話をしてやったら、どうだ」

　ふいに行介がいった。

「えっ？」

「女神様だよ。昨日は内緒で手を振ってくれたんだろ。それなら、今度歩み寄るのはこっちの番だ。ぐだぐだいわずに電話をしてやったらどうだ」

噛《か》んで含めるようにいった。

「あっ、はい。それはそうですね。じゃあ、ここから、かけてみます」

ポケットからケータイを取り出した。佳子の番号はすでに登録してある。

「俺は席を外そう」

立ちかける行介に、

「いてください。一人では何となく心細くて。お願いですから、そのまま」

圭次は哀願するような声を出した。

「そういうんなら、いてもいいが」

座り直す行介に圭次はほっとした表情を浮べ、佳子の名前をプッシュした。胸が破裂するほど鼓動が速くなっている。

呼出音、七回で相手とつながった。

が、聞こえてきたのは男の声だった。

「もしもし、森村ですが」

「えっ、阪口さんのケータイじゃないんですか。塚本といいますけど」

「いえ、こちらは森村です。何番におかけですか」

急いで圭次は佳子のケータイの番号をいうが、

「その番号ですが、阪口ではありません」

という男の声が耳許《みみもと》で響き、電話はぷつんと切れた。

「どうしたんだ。女神様のケータイじゃなかったのか」

困惑気味の行介の声が耳を打った。

「騙《だま》されたようです。どうやら、でたらめの番号を教えられたようです」

そうとしか考えられなかった。

そう考えれば昨日の佳子の仕草も、あれは手を振っていたのではなく、あっちへ行けと追い払っていたようにもとれる。とにかく、佳子は圭次にでたらめの番号を教えたのだ。

「世間の人がヤクザを嫌うように――」

低い声を行介があげた。

「きちんとした女の子は不良が嫌いなんだ。関わりあいになりたくないんだ。そういうことだと俺は思うよ。どうだ、これを契機に不良から足を洗え。あの笹本という男もいってたじゃないか。不良をやめてボクシングに精を出せば、いずれはと」

「はい」

と答えるしか圭次には言葉がなかった。

体中が悲しさで軋《きし》んでいた。何も嘘の番号を教えなくても。いいたくないといえば、それですむものを。

大粒の涙がこぼれて、テーブルを濡らした。

むしょうに体が寒かった。


三十分後。圭次は力のない足取りで家に向かっていた。

圭次の家は商店街から三本ほど奥に入ったところに立っている、小さな一軒家だ。

家が間近に迫ったとき、誰かが玄関の前に立っているのがわかった。どうせ心配性の母親だろうと近づいてみて、圭次の胸がどんと音を立てた。

立っているのは、阪口佳子。

間違いなかった。佳子だった。

「ごめん、私……ごめん」

泣き出しそうな声で佳子はいった。

圭次の鼻の奥が熱くなった。

心地よい熱さだった。

指定席

客は誰もいない。

午後四時を回った『珈琲屋』はカウンターに行介が一人いるだけで、がらんとしていた。

行介はカウンターの脇からサイフォン用のアルコールランプを手に取り、自分の前にそっと置いた。蓋を取って火をつける。橙《だいだい》色の炎を睨《にら》みつけるように見てから、行介はそっと右手をかざした。

炎が掌《てのひら》をじりじりと焼いた。

熱さが五本の指の先まで伝わり、痛さに変った。激痛だった。行介は歯を食いしばった。

「それで心が安らぎますか」

ふいに声がかかった。

カウンターの少し向こうに木綿子が立っていた。

「いや……」

ぽつりと声を出し、行介はゆっくりとアルコールランプの火を消す。

「いつもの、お願いします」

わずかに笑みを浮べて、木綿子はカウンターの前に腰をおろす。

島木に連れられておでん屋の『伊呂波』に行ってから、木綿子は度々珈琲屋にくるようになったが、近頃はその頻度が高くなっている。

「贖罪《しょくざい》ですか」

切れ長の目を真直ぐ行介に向けて木綿子は声を出す。

「そんな格好のいいものじゃないですよ。俺はただ、自分を苛《いじ》めたいだけで……」

行介はサイフォンに目をやりながら答える。

「行介さんて――」

木綿子は一瞬言葉を切り、

「真面目なんですね」

さらりといって、カウンターの上で両手をくんだ。

「ちゃんと罪の償《つぐな》いをしているのに、そこまで自分を苛めるなんて普通の人にはとてもできませんから」

木綿子の視線は行介の右手に注がれていた。筋くれ立った大きな手の表面はところどころケロイド状になって赤黒く変色している。これまで幾度となく、アルコールランプの炎にかざしてできた火傷《やけど》の痕だ。

「俺は普通の人間じゃありませんから、俺は――」

行介はサイフォンからカップにコーヒーを注ぎ、木綿子の前にそっと置いた。

「熱いですから」

ぼそっといった。

「いただきます」

木綿子は微笑を浮べながらいい、くんでいた左右の指を離そうとするが、どういう加減なのかなかなか離れないようだった。

「いやだ、くっついちゃったみたい」

子供のようにいったとたん、ようやく指が離れた。

「私の手は真面目《まじめ》じゃないから駄目です。行介さんと同じように以前、ガスコンロの火に手をかざしてみたけど、十秒ともちませんでした」

驚くことを木綿子がいった。

「ガスコンロに手を！」

「はい。私もそうしなければいけないような気がして」

細い指をカップに伸ばした。

それはいったい……行介の胸に怪訝《けげん》な思いが徐々に広がった。

「あっ、やっぱり、ここのコーヒーっておいしい」

木綿子は両手でカップをつつみこみながら、こくっとコーヒーを飲みこんで、はしゃいだような声をあげた。それから、

「そういえば先日、冬子さんが私の店にきました」

何気なくいった。

「冬子が、伊呂波へ——島木と一緒にですか」

呆気《あっけ》にとられる行介に、

「いえ、お一人でした。一時間ほどおでんを食べながら私と話をして、帰っていきましたけど、あれは」

木綿子はいって、また一口コーヒーをすすった。

「多分、私を観察しにきたんだと思います」

「観察！」

行介は真直ぐ木綿子の顔を見た。

綺麗《きれい》だなと、ふと思った。

顔が上気しているようにも見えた。

「女として自分と私と、どっちが上なのか見きわめにきたんじゃないかしら。私、近頃、

この店によくきてますからね。だから、行介さんのことが心配になって」

カップを皿に戻しながら木綿子はいった。

「心配になってですか……」

独り言のようにいう行介に、

「そうそう。こんなことを冬子さん、いってました」

幾分嬉しそうに木綿子が話し始めた。

おでんをつつきながら冬子は、

「木綿子さんは結婚をしたことはあるんですか」

と訊《き》いたという。

「一度しましたけど、別れました」

そう答える木綿子に、

「私と一緒ですね――でも、なぜ別れたんですか」

と大胆な質問をしてきた。

「恥ずかしい話ですけど、主人の暴力が原因で……毎日殴られたり蹴られたり、とても耐えられるようなものじゃありませんでした」

木綿子が低い声で答えると、

「あっ、ごめんなさい。立ちいったことを訊いてしまって。でも、同じバツイチ同士なんて、何となく親近感が湧いてきますね。年は木綿子さんのほうが若そうだけど、五つぐらい私のほうが上なのかしら」

上ずった声で冬子はさらに訊いてきたが、それに対して木綿子は笑みを浮べただけで何も答えなかったという。

「意地悪になったんです、そのとき急に」

カップに細い指をそえながら、行介の目を見据えるようにして木綿子はいった。

「本当の年を冬子さんに教えるのが惜しくなって。もちろん私は冬子さんより若いですけど、五つも年下じゃありません。冬子さんのほうも口にはしたものの、それほど下じゃないとは思っているでしょうし――とにかく本当の年を冬子さんに教えたくなくて」

「……」

「意地悪なんです、私」

ふわっと笑って木綿子はカップをゆっくりと口に運んだ。

「やっぱり、おいしい」

木綿子は歓声をあげるようにいって、

「話は変りますけど、近頃、私のことを訊いてまわるようなお客が、この店にきたっていうことはありませんか」

妙なことを口にした。

「それは、たとえばこの町内の人間でという意味ですか」

怪訝な面持ちで訊く行介に、

「いえ、この町内の方じゃなく、行介さんのまったく知らない人っていう意味でです」

きっぱりした調子で木綿子はいった。

「さあ。今のところ、そういう客がここにきたことはありませんが、何かあったんですか」

「うちの常連さんの一人が――あっ、角の電気屋さんですけど。多分私のことだと思うんですが、いろいろ訊いていった人がいるって教えてくれたんです、だから」

整った白い顔に怯《おび》えが浮んだような気がした。

「心当たりは、あるんですか」

胸の前で行介は太い腕をくむ。

「多分、前の主人だと思います」

かすれた声で木綿子はいった。

「ということは、まだ木綿子さんに未練があって探しまわっているということですか」

「そういうことも考えられますけど、その逆ということも」

意外なことを口にした。

「私、前の主人にずいぶんひどいことをしてますから。それを恨みに思って、その仕返しということも考えられます」

　吐息をもらして木綿子がいった。

「ひどいことって、されたのは木綿子さんのほうじゃないんですか。毎日暴力を振るわれていたって、さっき」

「それは、そうなんですけど」

　木綿子の切れ長の目が行介を見つめた。

　行介の胸がざわっと鳴った。

　すがるような目の奥に艶っぽさがあった。

「少し私の話を聞いてくれますか、行介さん」

　静かに木綿子はいった。

「それは、いいですが」

　うなずく行介から視線をそらし、木綿子はゆっくりと話し出した。

　木綿子が夫の佐川克也《さがわかつや》と別れたのは五年ほど前のことだという。

　その一年ほど前に、克也は勤めていた事務機器のメーカーをリストラされていた。職安にはしょっちゅう顔を出していたが、なかなか思うような仕事は見つからず、徐々に克也は荒れ始めた。

　最初のころはその不満を酒でまぎらわしていたものの、矛先《ほこさき》はやがて木綿子に向かった。

「俺がリストラをされたのは、お前のせいだ」

克也は苛立《いらだ》ちを木綿子にぶつけた。

飲み会の帰りなど、克也は度々直属の上司を家に連れてくることがあったが、そのときの木綿子の接待が不充分だったからというのが克也の言い分だった。

「実際にそんなことで、リストラされるものなんですか」

行介が口を挟むと、

「それはないはずです。主人がリストラされたのは、あくまでも仕事の成績。営業部にいたんですが、決して押しの強い人ではありませんでしたから。向いてなかったんだと思います、営業マンには」

冷静な口調で木綿子はいった。

「しかし、ご主人はそれを認めたくなかった。それで、原因を木綿子さんのほうに」

「転嫁したんだと思います。確かに私は、つきっきりの接待はしませんでした。でもそれは、主人の気持を推し量ってのことで、決して手を抜いていたわけではありません」

「ご主人の気持というと？」

「主人は嫉妬深い人でした。もし私が、上司につきっきりなら、それはそれで大変なことになったと思います。だから私は、必要以上に顔を出さず隣の部屋に――それが裏目に出たようで主人は毎日私を責めることに」

　失業保険が切れかけたとき、思うような仕事ではなくても、食べてさえいければ何でもいいのではないかと木綿子は克也に迫ったが、聞きいれてもらえなかった。

「俺にもプライドというものがある」

　そういって、首を縦には振ろうとしなかった。

　それなら自分が仕事に出る。女ならどんな仕事でもできるからと木綿子は克也にいったが、これも許されなかった。

「女の仕事は家事全般だ」

　克也は木綿子が外に出ることを極端に嫌った。女の仕事は家のなか——これが克也の口癖のようなものだった。

「それは、木綿子さんが綺麗だから。それをご主人は心配して」

　思わず行介が口にすると、

「そんなことは……単なる焼きもちやきなんです、あの人は」

　くぐもった声で木綿子はいった。

　預金を切り崩す生活が始まった。

　仕事は相変らず見つからず、その鬱憤《うっぷん》を晴らすように木綿子に対する克也の暴力が始まった。

最初は小突く程度だったが、それが段々エスカレートして、半年もたたないうちに木綿子の体は痣《あざ》だらけになった。殴る蹴るだけではなく、フライパンや金属バットを手にすることもあった。

「髪の毛をつかまれて、部屋中を引きずりまわされたこともあります。でもあの人、不思議と顔にだけは手を出しませんでした」

わかるような気がした。女の木綿子にとっても男の克也にとっても、顔はいちばん大切なところに違いないのだ。

「私が主人と別れようと決心したのは、ガスコンロで真赤に焼いたバーベキュー用の鉄串を手にして迫ってきたときです」

そのときのことを思い出したのか、木綿子は青ざめた顔でいった。

「鉄串を木綿子さんの体に押しあてようとしたんですか」

呆然《ぼうぜん》とした思いの行介に、

「真赤に焼けた鉄串の先端からは、うっすらと煙が立っていました。そして、あの人はそのときに限って、その焼けた串を私の顔に押しあてようとしたんです。さすがにそのときは、手で振り払って表に飛び出して逃げました。もう主人と一緒には暮せない、一緒にいれば殺される。そう思いました。だから私は……」

一気にいって木綿子は両肩を落した。

「そんなことがあったんですか。しかし、よくご主人は離婚を承知しましたね。話を聞いていると木綿子さんのことが心底好きなように感じられましたが」

気になったことを口にすると、

「最初は承知しませんでした。だから私、よくよく考えて、いい方法を見つけたんです。主人が別れることを承知するような」

細い声で木綿子はいった。

「いい方法というと？」

「それは要するに……」

と木綿子が口を開きかけたとき、扉の鈴が小さな音を立てた。

入ってきたのは冬子だ。

「あらっ」

冬子は小さな声をあげて、カウンターの前にやってきた。

「先日はおいしいおでんを、ごちそう様でした」

頭を下げる冬子に、

「いえ、お粗末様でした」

木綿子も丸椅子から腰をあげて、ていねいに頭を下げる。

「行ちゃん。私、ブレンドね」

そういっていつもの席に座ろうとしたが、今日はそこに木綿子が座っていた。ほんの少し、とまどいの表情を見せる冬子に、

「あっ、私。冬子さんの指定席を占領してしまって。代りましょうか」

やわらかな口調で木綿子がいった。

「とんでもない。私は隣の席で充分です。指定席ったって、行ちゃんの顔が正面から見えるというだけの話ですから。行ちゃんの顔なんか珍しくもないし」

やや険を含んだ声で冬子はいい、木綿子の隣の席にさっと座った。

「冬子。お前、伊呂波に一人で行ったんだって」

場を和ませようと、できるだけ優しい声で行介はいう。

「やっぱり、もう知ってるんだ」

冬子はぼそっといってから、

「島木君が絶賛していた味だもの、一度は行ってみないと話もできないと思ったから。島木君がいう通り、とてもおいしかったけどね」

はっきりした口調でいった。

「そうか、それはよかったな」

こんなことくらいしか行介には、いうべき言葉が見つからない。

「それより、どう。美女二人をカウンターにはべらせた気分は」

大胆なことを冬子がいった。

「それは何といったら……男にしたら眼福《がんぷく》といったらいいのか、まあ、そういったことのようなというか」

しどろもどろになっていう行介に、今度は木綿子が追い打ちをかけるようなことを口にした。

「行介さんから見て、私と冬子さんとどっちが綺麗だと思いますか」

瞬間、辺りがしんと静まり返ったような気がした。

「それは――」

行介はいいよどんだ。

「冗談ですから気にしないでください。私にしたら、それはという言葉だけで充分です――よく考えてみると、それはって何だかとってもいい言葉ですよね」

顔中で笑って木綿子はいい、

「それじゃあ、私、帰ります。仕込みもまだ残っていますし」

さっと立ちあがり、コーヒー代をカウンターに置いて背中を向けた。

扉が開いて鈴がちりんと鳴った。

「それは、それは、それは……」

すぐに冬子が唇を尖らせていった。

「そんなにむきになるな、冬子」

行介はたしなめるが、

「それはって何よ——本当のことをはっきりいえばいいのに」

とげとげしい口調で冬子はいった。

「本当のことっていうと？」

思わず声をあげる行介に、

「それは——」

といってから、冬子は自分の口にした言葉の矛盾に気がついたようで頰《ほお》を少し赤くした。

「それに木綿子さんも、けっこう大変らしいしな」

と、行介は木綿子のこれまでを、かいつまんで話す。

「焼けた鉄串！」

冬子は叫ぶようにいってから、

「伊呂波に行ったとき暴力のことはちらっと聞いたけど、そんなことがあったんだ。大変なんだ」

両肩をそっと落した。

「でも、木綿子さんのいっていた、いい方法って何なのかな。私も参考のために聞いておきたかったな」

ちらっと行介を見上げた。

「参考なあ……」

行介は低い声をあげてから、

「熱いから気をつけろよ」

冬子の前に湯気の立つコーヒーカップを置いた。

「うん」

と素直にうなずく冬子に、

「席は移らなくていいのか」

おどけた調子で行介がいった。

「いいわよ、今日は」

不機嫌そうな表情で冬子はいい、さっとコーヒーカップに手を伸ばした。

「そんなことが、木綿子さんの過去にはあったのか。そりゃあ、大変だな。何とか力になってやらないとな」

カウンターで大きくうなずいているのは島木である。他に客は奥の席に二人だけで、時間は五時になろうとしていた。

その客が珈琲屋に姿を見せたのは、それから十分ほどしてからだった。よれた上衣に膝の出たズボン。男はくすんだ雰囲気を身にまとい、真直ぐカウンターの前に歩いてきた。長身で痩《や》せてはいたが、筋肉は引き締まっているようで男っぽい顔つきだった。これが多分……。

「ブレンド」

男は島木の一つ置いた丸椅子に座り、低い声でいい放った。

「熱いですから」

コーヒーを淹《い》れ終えた行介が、カウンターにカップを置くと、

「あんたが宗田さんで、こっちが島木さんというところか」

男は抑揚のない声でいった。

「ということは、あんたが木綿子さんのご亭主だった、佐川克也さんってことになるのか」

男を睨《にら》みつけながら島木が応じると、

「凄《すご》むんじゃねえよ、島木のおっさん。あんたたちと違ってこっちは失う物の何もねえ体だ。へたにちょっかい出すと痛い目にあうぜ。俺はけっこう喧嘩《けんか》も強いほうだしよ」

佐川らしき男は視線を前に向けたままいった。

「凄んじゃいないが、とにかくあんたが佐川さんだな」

念を押す島木に、

「そうだよ、俺が佐川克也だよ。何か文句でもあるっていうのか」

男ははっきり佐川と名乗った。

「文句ってほどじゃないがね。いいかげん、木綿子さんを解放してやったらどうだ。あれだけ嫌がってるんだから」

はっきりした口調でいう島木に、

「解放だと――決着のついてねえ話に解放もくそもねえだろうが」

吐きすてるように克也はいった。

「決着とはどういうことだ。俺たちは木綿子さんから、あんたとはきっぱり別れたと聞いているが」

カウンターのなかから行介は怪訝な思いで訊く。

「俺ときっちり別れただと。そうか、あの女、そんなことをいってるのか。まったくとんでもねえ女だぜ。ということは、あんたたちは何も知らずにあの女に騙《だま》されている。そういうことだな」

妙なことを口走った。

「騙されるってどういうことだ。聞きずてならんことをいうと許さんぞ」

島木が語気を荒げた。

「言葉通りだよ、島木さん。あいつはとんでもねえ女なんだ。俺とあいつはまだ離婚なんかしちゃあいねえし——というより、俺はあいつに煮え湯を飲まされたんだ。その決着をはっきりつけるために、ここにやってきたんだ。しかし、まさか遠縁のばあさんのところに転がりこんでるとはな。ひょっとしたらと思ってきてみたら大当たりだったぜ」

「まだ離婚してないって、それは。それに、煮え湯を飲まされたということは——」

おろおろ声を島木はあげた。

「言葉通り、そのままのことだよ。木綿子に首っ丈の島木さんよ」

克也は視線を島木から行介に移し、

「それに木綿子は、けっこうここに通いつめてるようだな、宗田さんよ。まあ、あいつ好みの男には違いねえようだけどよ」

嘲笑《あざわら》うようにいった。

どうやら克也は木綿子に関係のある人間のことを、かなり詳しく調べているようだ。

「しかし、あいつ。俺がきたことを薄々知っていながら、なんで逃げねえんだろうな。とっくに姿を消していてもおかしくはねえのに、それがよくわからねえな。まあ、逃げねえとわかりゃあ、じっくりいたぶってやれるから好都合だけどな」

独り言のように呟いた。

「ひとつ、訊きたいんだが」

行介は少しとまどっていた。

「いったい、何がどうなっているのか。本当のところを教えてもらえないだろうか」

「教えねえよ。知りたかったら木綿子に直接訊いたらどうだ。もっとも、あいつが本当のことをいうとは思えねえがよ」

が、昨日――冬子が顔を見せたから口をつぐんだものの、あのとき木綿子は何かを話すつもりだったはずだ。

「ひとつだけ、はっきりいえることは」

克也は島木と行介の顔を交互に見た。

「あいつのいってることは大嘘だ。そういうことだ」

大きな手でコーヒーカップをつかんで、ごくりと口のなかに流しこんだ。

「熱いな」

眉間に皺を寄せた。

「ところであんた。さっきから聞いていると、とても堅気《かたぎ》とは思えないような言葉遣いだが、ヤクザでもやってたのか。木綿子さんの話では、事務機器メーカーの営業だったそうだが、違うのか」

行介が強い視線を克也に向けると、

「そいつは本当だ。だがな、こんな浮浪者のような生活をずっとつづけていれば、態度も言葉つきも変るのが当たりめえだろうが。それだけ、あいつのせいで俺は苦労した。そういうことだ」

吼《ほ》えるようにいった。

「もうひとつ教えてくれないか。あんたはいったい何のためにここにきたんだ。話を聞いてると、木綿子さんの件で調べなきゃいかんことはすべて片がついているように思えるんだが」

「簡単なことさ」

克也はドスの利いた声で、

「木綿子のお気に入りの宗田行介さんの顔を拝んでみたかった。ただそれだけで、他に理由なんぞはねえよ」

一語一語いい聞かせるようにはっきりといった。

「ひょっとしたら木綿子のやつ、お気に入りのあんたの顔が見られなくなるのが嫌で、この町にいるのかもしれねえな。そうでも考えなきゃ、辻褄《つじつま》が合わねえ」

克也はゆっくりと立ちあがり、

「どうせ今夜あたり、あの女の店へ御注進に行くんだろうが、はっきりいっておいてくれ。二、三日中に必ず顔を見せるから、首を洗って待っとけってな」

捨てぜりふのようにいって、コーヒー代をカウンターに放り投げた。

「俺と顔を合わせるのが嫌なら、さっさと逃げるがいいともな。あっさりこんなところでつかまえて楽しみを終りにするより、どこかに逃げてもらったほうが捜す楽しみがあって、生きる張合いも出てくるからってよ。何といっても、時間だけは腐るほどあるからな。それから、これだけはいっておくけどよ、宗田さん」

行介の顔を克也が鋭い目で睨みつけた。

「もしあんたが木綿子をかばって、俺の邪魔をするつもりなら、喜んで相手になってやるからよ。命のやりとりは、何もあんただけの専売特許じゃねえからな。そういうことだから、腹だけは括《くく》っておくがいいさ。人殺しの宗田行介さんよ」

それだけいって、克也はゆっくりと店を出ていった。

「行さん、これはいったいどう考えたらいいんだ。俺にはもう、何が何だかさっぱりわからないんだが」

途方にくれた声を島木があげた。

「俺だって同じさ。いったい何が本当で何が嘘なのか――しかし、あの男が事務機器メーカーの営業をやっていたということが本当なら、木綿子さんが俺に話したほとんどのことは事実だと考えてもいいような気がする。ただ――」

ぽつりと行介は言葉を切った。

「ただ、何だ!」

「何か肝心なところがひとつ、大きく違っているような気がしてならないんだ……」

絞り出すような声を出した。

「肝心なことっていうと、例のあれか。木綿子さんが佐川と別れるために用いた方法という……」

「多分、そのあたりだろうとは思うのだが、はっきりしたことは……まあ、今夜、伊呂波に行けば何もかも話してくれるような気はするんだが」

宙を睨みつけて行介はいった。

「行くのか、今夜——じゃあ、俺も行くから。木綿子さんの大嘘というのを、この耳ではっきり確かめたいからな」

大声で島木がいったところで、扉が開いた。冬子だった。

「どうしたの。木綿子さんの店へ行くとか行かないとか。島木君の大声が表まで聞こえてきたけど」

冬子が、怪訝な表情を行介と島木に向けた。

「実はな、冬ちゃん」

島木は冬子をカウンターの前に座らせ、木綿子の亭主である克也がこの店を訪ねてきたことからのいきさつを要領よく話して聞かせた。

「木綿子さん、まだご主人と別れてなかったんだ」

冬子はどことなくほっとした調子でいってから、

「木綿子さんが大嘘つきで、ご主人に煮え湯を飲ませたってどういうことなんだろう。いくら考えても、わかるはずのないことだけどね」

呆然とした面持ちでいった。

「それを確かめに今夜、伊呂波に行こうと行さんと相談してたんじゃないか。そこに冬ちゃんがきて――」

「それで島木君、怒鳴るような声を出してたのね。相手が大好きな木綿子さんのことだから」

冬子は大きくうなずいてから、

「じゃあ、私も一緒に行く」

はっきりした口調でいい、

「実は私、木綿子さんのこと、それほど嫌いじゃないから」

妙に明るい声でつけ加えた。

その夜、行介は少し早めに店を閉め、島木と冬子が来るのを待って、三人で伊呂波に向かった。

閉店まであと一時間ほどだというのに伊呂波は相変らず混んでいて、入ってすぐのカウンター席が二人分空いているだけだった。

「あら、いらっしゃい」

木綿子のよく通る声が飛ぶが、冬子を見て表情が一瞬曇る。

島木はその表情を敏感に察したらしく、

「冬ちゃん、今夜は遠慮したほうがいいんじゃないか。席もちょうど二つしか空いてないし」

冬子の耳許《みみもと》でささやくようにいう。

「いやっ——」

冬子の返事は明瞭だった。

すぐに木綿子がカウンターの端にやってきて、

「三人さんですよね……どうしよう」

困った表情を浮べるが、むろん立ちあがる客は一人もいない。

「冬ちゃん」

島木が再び口に出すが、

「今夜は、私が一緒のほうが……」

かすれた声を冬子は出した。

「いいよ、お前たち二人は先に座ってろ。俺は散歩がてらに、そこいらをぶらぶらしてくるから」

その場の雰囲気を抑えるように行介がいうと、

「おう、そうしろ。そのうち一人ぐらいは帰るだろうから」

島木が周りに催促するようにいった。

「いいんですか、行介さん。すみませんねえ。じゃあ、あとで精一杯サービスしますから」

申しわけなさそうにいう木綿子の声に送られて行介は外に出る。

暗い道を歩きながら、島木がいうように今夜は冬子を連れてきたのはまずかったかもしれないと、行介は考える。だが、そんなことをいっても冬子は決して承知はしないだろう。無理もないとはいえるが、冬子は木綿子に対して、必要以上のライバル意識を持っている。

しばらく歩いていると、

「宗田さん」

ふいに後ろから声がかかった。

ゆっくり振り向いてみると、佐川克也が星明りのなかで薄ら笑いを浮べて立っていた。

「やっぱり、今夜きたんだな。そういうことになるんじゃねえかとは思っていたんだが」

どうやら克也は、伊呂波を見張っていたらしい。

「だけど、三人はまずいよな。くるなら一人じゃねえとな。特にあの冬子って女——あれはあんたの彼女だっていうじゃねえか。そんな女を前にして、木綿子があのことを喋《しゃべ》るはずがねえよ」

「あのことというのは、何だ。どういう意味なんだ」

行介は克也を睨みつけた。

「だから、昼間もいったじゃねえか。あいつの大嘘の元になってる部分だよ」

克也はまだ、薄ら笑いを浮べている。

「俺には木綿子さんが、あんたのいうような大嘘をついているとは到底思えないんだが」

「……あんた、木綿子に惚れたんじゃねえだろうな」

克也の笑みがふいに消えた。

「そうだといったら、どうするんだ」

行介はいうが、むろん本心ではない。どんな反応を克也がするか知りたかっただけだ。

「いい度胸だな、宗田さんよ。旦那である俺を前にして、そこまではっきりいうとはな。呆《あき》れたもんだな、まったく」

克也の右手が上衣の内側に差しこまれた。

何かを持っている。多分、刃物の類《たぐい》だ。本気だ、こいつは。

「嘘だよ。あんたの反応をちょっと見たかっただけだ――悪かった。この通りだ」

素直に頭を下げる行介に、

「今さら、嘘もへったくれもねえだろうが。ひょっとして、てめえ、もう木綿子を抱いたのか」

低すぎるほどの声でいった。

「莫迦《ばか》なことをいうな。木綿子さんはそんな人じゃない。もちろん俺だって、そんなつもりはない」

思わず声を荒げる行介に、

「嘘だろうが何だろうが、そんなことをいう野郎を俺は許さねえってことだ。何をいっても、てめえが木綿子のお気に入りってことに間違いはねえだろうしよ」

克也の目がすっと細くなった。

やる気だ。

行介の全身に緊張が走る。

わずかに息をとめて腰を落とした。

刃物を相手に勝てるかどうかはわからないが、ここで逃げるわけにはいかない。それに、原因は自分が発した不用意な一言なのである。軽率だった。

「もう一度謝らせてもらうが、どうか許してくれないだろうか。今のは決して俺の本意じゃない」

行介は腰を落したまま頭を下げる。

「うるせえよ。本意だろうが何だろうが、そんなこと関係ねえよ。最初会ったときから、俺はてめえが気にいらなかったんだ。そういうことだ」

じりっと克也が近づいた。

やるしかなかった。

行介は両手を脇にたらしたまま、克也が突っかけてくるのを待った。

克也の右手が懐から抜かれようとした瞬間、誰かが近づいてくる足音がした。通りすがりの人なのだろうが、緊張感が一気に抜けた。

「勝負は預けておくぜ」

克也はぼそりといって、行介の前からそそくさと離れていった。

行介は大きく深呼吸してから腕時計に目を走らす。十時半を少し回ったところ。伊呂波の閉店時間の三十分ほど前だった。

急いで伊呂波に戻ると島木と冬子は真中の席に移っている。二人の間が空席になっているが、行介のために取っておいたものらしい。どうやら数人の客が帰ったようだが、まだ店内は賑わっている。

「お帰りなさい、行介さん」

機嫌のいい声で木綿子はいい、

「さあ、今日はこれでもう、お店を閉めますから、みなさん、そろそろ帰り支度をお願いしますね」

両手をぱんぱんと叩いた。

「ええっ、まだ閉店まで、少しあるんじゃないのか」

一人の客の声に、

「男は小さいことに、ぐだぐだいわない。私はちょっと、この人と話がありますから、お願いします」

行介を目顔で差していった。

「何だい話って。お安くねえな。色っぽい話じゃねえだろうな」

別の客の言葉に、

「そうなればとっても嬉しいんですけど、そういうことにはならないでしょうね。だから、よろしくお願いしまあす」

両手を合せて頭を下げる木綿子に、客たちは腰をあげにかかる。恨みがましい目で行介を見ている客も何人かいた。

客たちが帰ったあと、木綿子はちらっと島木と冬子に目をやってから、

「さあ、どうぞ。行介さん」

二人の間の席に促した。

「はあ、どうもすみません」

軽く頭を下げて席に座る。

「何にしますか」

木綿子の声に行介はビールと答え、適当におでんを注文する。すぐにカウンターにコップが置かれ、冷えたビールが木綿子の手で注がれる。

一気に飲んで一息つくと、注文したおでんが皿に盛られて行介の前に置かれた。湯気があがってうまそうだ。

ハンペンをつついていると、

「三人でいらしたということは、あの人が店のほうに顔でも出したんでしょうか」

行介の目を真直ぐ見て木綿子がいった。

「きました。今日の昼間のことです。木綿子さんの夫の佐川克也だと、はっきり名乗りました」

行介も木綿子の顔を見て答える。

「あの人、どんな様子でした？」

「ずいぶん、荒《すさ》んだ生活をしているようで」

と、そのときの様子を行介は正直に木綿子に話すが、ついさっき、その克也とぶつかりそうになったことは胸に秘めておくつもりだった。命のやりとりの話をしても木綿子を困らせるだけのような気がした。

「そのとき、佐川さんは、木綿子さんのことを大嘘つきだといっていました。その言葉が気になって」

「それでお揃《そろ》いでいらしたんですね。私がどんな悪女かが知りたくて」

嗄《しわが》れた声でいう木綿子に、

「木綿子さんのことを悪女だなんて、誰も思っちゃいませんよ。ただ、本当のことが知りたくて。本当のことがわかれば、力になれるっていうこともあるからね」

やわらかな声を島木が出した。

「本当のことですか」

木綿子はぽつりといい、

「本当のことをいえば、私は佐川がいうように悪女そのもの。正真正銘の悪女なんです」

放り出すような口調でいった。

「多分――」

と、初めて冬子が口を開いた。

「ご主人と別れたいきさつ――そこのところをご主人はいってるんだと思うけど、違うでしょうか」

「それは……」

木綿子の顔に暗いものが走った。

口をぴたりと閉ざして宙を睨みつけた。

話そうかどうしようか迷っている様子だった。が、先日は確かにそのことを行介に話そうとしたはずなのだ。だが、今日、木綿子の前にいるのは行介だけではない。島木も冬子も目の前にいるのだ。

「その話は、また機会のあるときに」

ふっと視線を行介にやって木綿子はいった。

歪《ゆが》んだ顔だった。

歪んだ顔だったが美しかった。

「私――」

くぐもった声を冬子が出した。

「私、前の主人と離婚するために、若い男と浮気をしたんです」

木綿子が息を飲んだ。

「普通のことでは到底離婚はしてもらえそうになかったから、それで」

「ああっ……」

木綿子の口から重い吐息がもれた。

「そんなことを冬子さんは……前のご主人はよほど、冬子さんのことが好きだったんですね。それで、そんなことまで」

呟く木綿子に、

「佐川さんも、まだ木綿子さんのことが忘れられないようです。心底、惚れていて、そのために苦しんでいるようです」

行介は声を絞り出した。

「あんな、男――」

木綿子は低い声でいってから、

「何もかも、お話しします」

視線をカウンターに落した。

「私は警察に追われている身なんです」

驚くべきことを口にした。

五年前のことだという。

度重なる克也の暴力に心身ともに疲れはてた木綿子が刃物を手にしたのは、あの焼串の一件がきっかけだった。このままではどうされるかわからない。その恐怖心が木綿子の手に柳刃包丁を握らせた。

「あの焼串の件があってから三日目、大酒を飲んで眠りこんでいる佐川の枕元に、私は包丁を手にして座ったんです。夜の九時頃でした」

重い声で木綿子はいった。

「そろそろと布団をめくりあげ、包丁を振りあげました。でも、なかなかその手をおろすことが……十分ぐらい、そのままの格好でいたんでしょうか。そのとき佐川の顔にどういう加減か笑みが浮んだんです。いかにも嬉しそうな笑みが。それを見たとたん、私の体が反応しました。両手で握りこんだ包丁を佐川の左胸めがけて振りおろしました。嫌な音がしました。何かが弾けるような」

木綿子は言葉を切って自分の両手を凝視した。

「あれは経験してはいけない手応えです。まるで魂を貫くような。刺さった瞬間、両手に熱さのようなものを感じたことをはっきり覚えています。嫌な手応えです、本当に嫌な」

体を震わせる木綿子に、

「それで」

島木が咽《のど》につまった声をあげた。

「佐川が大きく目を見開いて、私を睨みつけていました。何かいおうと口を開けようとするのですが声は出てきませんでした。そのうち、のたうちまわり出して。布団の上は夥《おびただ》しい血の量で……私の視界のすべてが真赤に染まって、あれは……地獄のような光景でした」

後退りをしながら、木綿子の頭のなかは逆に真白だったという。とにかくここから逃げ出さなければ、その思いだけが意識を支配し、そのまま表に飛び出したという。

気がつくと木綿子は博多行きの新幹線のなかにいた。新大阪で新幹線を降り、その夜は駅裏のビジネスホテルに泊った。

「実をいうと、佐川を殺して私も死のうと思っていたんです。それがあの地獄のような光景を目のあたりにして、思わず怯《ひる》んでしまって。でも、大阪で降りた時点でも死ななければいけないという思いは、まだ持っていました」

その気持が揺らいだのは次の日の朝刊を見てからだと木綿子はいった。

木綿子がおこした事件が載っていたが、克也の傷は致命傷には至らず、一命は取りとめたということだった。克也は枕元にあった携帯を操作して自分で救急車を呼んだと新聞には書いてあった。心がほんの少し軽くなった。同時に克也に対する猛烈な憎しみが湧いた。

あれだけの傷を負いながら生きのびるとは。何と悪運の強い男なのか。これでは自分のやったことは単なる徒労ということになってしまう。木綿子は死ぬのをやめた。克也が生きているのなら何も死ぬことはない。生きようと思った。生き抜いてやろうと思った。

「それからはあっちこっちを転々として。もちろん、殺人未遂で指名手配の身ですから、なるべく目立たぬよう、身を竦《すく》めてひっそりと。そんな状態ですから、他人様《ひとさま》にはいえない商売も……」

木綿子はぽつんと言葉を切ってから、

「でも、疲れてしまいました。逃亡生活に。それで親類のおばあちゃんを頼ってここへ。おばあちゃんは何もかも知ったうえで、私を受けいれてくれました。事件があって二年ほどは警察も時々見回りにきていたそうですが、最近は顔を見せなくなったといってましたし。だから、ここのおでん屋を……見つかったら見つかったときのこと。そんなつもりで、カウンターに立ったんです」

話し終えた木綿子は、ふうっと長い息をもらした。何となく雰囲気が丸くなったようなかんじだった。

「そんなことが、あったんですか」

小さな声を出す冬子に、

「だから、私が行介さんに興味を持ったのは、自分と同類の人ということで、好きとかどうとかという問題じゃありません。冬子さんが心配することなんて、ひとつもないんです」

「……」

「そりゃあ、雰囲気が佐川に何となく似ているということもあって、嫌いじゃなかったのは確かです。でも、それだけの理由ですから、心配することなどは……」

こくんと冬子はうなずく。

「それで、ガスコンロに手をかざしたりしたんですか」

ぼそっと行介はいった。

「でも、とてもできませんでした。行介さんのまねは私には無理です。いいかげんな女です」

いってから木綿子はうなだれた。

「俺の場合は相手は死んでいるけれど、木綿子さんの場合は違う。相手はぴんぴんして動きまわっている。罪の深さがまったく違う。そこまで責任を負う必要はないと思いますよ」

行介はぴたりと木綿子の目を見つめ、

「それで、どうするつもりなんです」

はっきりした口調でいった。

沈黙が周囲をつつみこんだ。

「出頭するつもりです。身辺整理もありますから今日明日というわけにはいきませんけど、二、三日のうちに」

木綿子もはっきりした口調で答えた。

「それがいい。立派に罪を償って再出発すればいい。さっきもいったように、俺と違って相手は生きている。木綿子さんには幸せになってもらわないと。俺は幸せになってはいけない人間だけど」

行介の言葉に隣の冬子の体がわずかに震えるのがわかった。

「殺人未遂といっても動機が動機だから、そのあたりは裁判所のほうでもちゃんとわかってくれるはずです。多分、刑期はそれほど長くはならないんじゃないかな」

明るすぎるほどの声を行介は出した。

「そうだ。罪を償った暁には、またここでおでん屋をやるといい。そうなれば今のように商売繁盛で万々歳だ。それがいい、そうしよう、木綿子さん」

能天気なことをいう島木に、

「そんなことができれば、嬉しいんですけど――」

木綿子はわずかに笑って答えた。

「木綿子さんて」

ふいに冬子が上ずった声をあげた。

「ひょっとして、ご主人のことがまだ好きなんじゃないんですか」

訳のわからないことをいい出した。

「そんなことは。そんなことは私……」

狼狽《ろうばい》の表情を浮べる木綿子に、

「ごめんなさい。木綿子さんの話を聞いていたら、ふとそんな思いが湧いてきて……。忘れてください。本当にごめんなさい」

冬子は頭を下げる。

「あれだけのひどい仕打ちを受けて、そんなことがあるはずないじゃないか。考えすぎだよ、冬ちゃん」

首を振りながらいう島木に、

「島木君は男だから」

独り言のように冬子は呟き、

「私、木綿子さんが出頭するとき、警察につきそっていきます。一人だと心細いでしょうから」

妙に明るい声でいった。

「ねっ、そうしよう、木綿子さん」

念を押す冬子に、

「じゃあ、甘えちゃおうかな」

木綿子は子供のような口調で答えた。

「じゃあ、俺も一緒に行こうかな」

追従するように島木もいうが、

「いいのよ、島木君は。鬱陶《うっとう》しいだけなんだから」

即座に冬子が切りすてた。

「あの、明日の晩。珈琲屋にうかがってもいいでしょうか。閉店の三十分ほど前に」

おずおずと木綿子が訊いた。

「最後に珈琲屋の熱々のコーヒーを飲んでから、警察に行こうと思って」

「それはいい、大歓迎ですよ」

行介は笑顔で答えた。

「なら、コーヒー飲み放題ということで、木綿子さんの商店街最後の夜を飾ろうか。といっても、そう何杯もコーヒーは飲めないよな。弱ったな」

本当に弱った顔をする島木に、

「一杯でいいんです。あの熱々のコーヒーを、じっくり味わって最後の思い出にしたいだけですから」

木綿子はしみじみといった。

何もかもが吹っ切れた表情だった。

清々《すがすが》しい顔に見えた。


「おい、遅いな、木綿子さんは」

カウンターの前に座りながら、島木は時計ばかりを気にしている。

「遅いといっても、まだ九時半じゃないか。明日出頭ともなれば、いろいろ片づけなければならないこともあるだろうし」

やんわりと行介がたしなめたとき、扉の鈴がちりんと鳴った。

「きたっ！」

島木は丸椅子から腰をあげかけるが、店に入ってきたのは冬子である。

「何だ、冬ちゃんか」

「何だって、ご挨拶ね。それより島木君」

冬子は島木の前に立って射貫くような目で見る。

「そこをどいてくれると、嬉しいんだけど」

「えっ？」

怪訝な表情を浮べる島木に、

「そこはいちおう、この店の私の指定席になってるから」

きっぱりした口調でいう。

「ああ、そうか。ここは冬ちゃんの指定席だったな。といっても、何の代り映えもしない行さんの仏頂面《ぶっちょうづら》が正面から見えるだけの席だけどな」

「仏頂面でも何でもいいの。今日も明日も、来年も再来年も、その席は私の大事な指定席に変りはないから」

「はいはい、わかりましたよ。私が悪うございました」

おどけた調子で島木はいい、隣に移る。

「やっぱり、この席がいちばん落ち着くな」

それまで島木が座っていた席に、冬子は腰をおろして嬉しそうにいう。

「今日も明日も、来年も再来年も、冬子の指定席はそこか」

珍しく行介は軽口を飛ばす。

「そう。未来永劫、私の席はここ。この真正面の席で、行ちゃんがコーヒーを淹れるところをずっと見つづけるの」

「そうか。冬子はそこで俺がコーヒーを淹れるところを見つづけるのか」

ぼそっという行介に、

「そして行ちゃんは、カウンターのなかから私の顔を——」

冬子はふっと言葉を切り、

「それくらいの幸せは、私だって、行ちゃんだって、ね」

真正面から行介の顔を見た。

ひたむきな目だった。

行介の胸に熱いものがせりあがった。

ひたむきな目は愛しすぎるほどの目だった。

だが自分にはどうしてやることもできない。

自分は人を殺した男だった。

二度と人間には戻れない、決して幸せになってはいけない男だった。カウンターの内と外で見つめあうぐらいの幸せしか……それ以上のものを望んではいけないのだ。

「熱いから気をつけて飲めよ」

冬子の前に湯気の立つコーヒーカップをそっと置く。

「うん」

冬子はそのカップを愛おしむように両手でつつみこむ。しばらくしてから、そっと口に運び、舌の上で転がしてから咽の奥にこくっと落す。

「おいしいね」

ふわっと笑った顔は息を飲むほど綺麗に見えた。

「おいしいはいいんだが、それにしても遅いな、木綿子さん。やっぱりあれじゃないのか。開店中の札を閉店にかけ換えたのが、まずかったんじゃないか」

珈琲屋の閉店は十時だが、他の客が入ってこないように行介は九時頃、札をかけ換えていた。

「何を子供のようなことをいってるんだ。俺たちがなかにいることは、窓を透かして見ればわかるじゃないか。それに昨夜《ゆうべ》、あれだけちゃんと約束したことでもあるし」

「それはまあ、そうなんだが――ところで冬ちゃん、妙なことをいってたよな。木綿子さんがまだ、あの佐川が好きだとか何とかいう」

「いったわ、それが？」

「あれは本当のことなのか。どう考えても俺には理解できないんだが」

首をひねって島木がいう。

「私は今でもそう思ってるわ。だからこそ、ご主人を殺して一緒に死のうと思った。だけどそのご主人が生きていることがわかったから、死ぬことを断念した。そして、ご主人にここにいることが知られても逃げようとはしなかった。それに――」

ふいに冬子は口をつぐんだ。

「……それに、木綿子さんは行ちゃんのことが好きだったんだと思う。ご主人に雰囲気がよく似ていた行ちゃんが。だけどそこに、当のご主人が現れて木綿子さんの心は揺らいだ。その結果――」

「また、佐川のほうに心が移ったということなのか」

「それはまだわからない。でも、ひとつだけ確実にいえることは、木綿子さんは決してご主人を嫌ってはいない。そういうことだと思う」

一気に喋って冬子は肩をすとんと落した。

「焼串を顔にあてられかけたんだぜ。それでも相手の男を嫌いにならないって……女のことはよくわかってるつもりの俺でも今回ばかりは、とんと理解できないな」

呆れ顔の島木に、

「何をされようが好きなものは好き。いくら優しくされても嫌いなものは嫌い。それが女という可愛い生き物なのよ。ねえ、行ちゃん」

カウンターのなかに、冬子は鋭い視線を走らせた。

「俺は律義なだけが取柄《とりえ》の、そっちのほうはまったく疎《うと》い人間だから……」

こんなことぐらいしか行介には答えられない。むろん、これが本音でもあるのだが。

そのとき扉の鈴がちりりんと鳴って、人影が見えた。木綿子だ。島木の顔にぱっと喜色が広がる。

「木綿子さん、待ってましたよ。なかなかいらっしゃらないので心配していました」

島木は立ちあがって、また席をひとつ横に移り、それまで自分が座っていた席に木綿子を誘う。

「ごめんなさい。やっぱりいろいろ忙しくて。もう少し早くこようと思ったんですけど、こんな時間になってしまいました」

時計を見るとちょうど閉店時間の十時だった。

「大丈夫ですよ。今日は貸し切りなんだから、いつまでいてもいいですから」

行介が鷹揚《おうよう》な口調で声をかける。

「店のほうは大丈夫ですか」

島木の心配そうな声に、

「いきなり店を閉めるというのも何ですから、今夜は八時まで店を開けて、そこにいたお客さんには急に遠くへ行かなければならないことになりましたからといって、断りだけはいれました。ブーイングの嵐ではあったんですけど」

「ブーイングだろうが何だろうが、一件落着ということなら、それでけっこう」

島木は偉そうな口調でいい、

「おい、行さん。珈琲屋特撰の木綿子さん用の上等なコーヒーはまだなのか」

怒鳴るように催促した。

「もうすぐできる」

行介はいつもの調子で答える。

数分後、木綿子の前に熱々のコーヒーがそっと置かれた。

置かれたコーヒーカップを木綿子は両手でまずつつむように持ち、注がれたコーヒーをじっと見つめた。それからおもむろにカップを持ちあげ、ゆっくりと口に含んだ。冬子と同じようにしばらく舌の先で転がしてから、こくっと咽の奥に落しこんだ。

「おいしい。やっぱり今夜ここにきて本当によかった。一生の思い出になるはず」

いい終えて、二口めのコーヒーを木綿子が口に含んだとき、扉の鈴が荒っぽい音を立てて鳴った。

上背のある筋肉質の男が立っていた。

克也だ。木綿子のあとをつけてきたのかもしれない。

「店を早じまいにして、好きな男のところでコーヒータイムか。いい気なもんだな、木綿子。とんでもねえ悪女のくせによ」

嘲《あざけ》るような笑いを浮べて木綿子に近づき、今度は行介に声をかけた。

「どうだい、宗田さん。木綿子は自分の悪女ぶりを話してくれたかい」

「全部聞かせてもらった」

落ちついた声を出す行介に、

「ほうっ――話したのか木綿子は。それは殊勝なことで」

意外だという表情を顔に浮べた。

「木綿子さんは悪女なんかじゃない。自分の身を守ろうとしただけだ。そして、そうさせたのはあんたじゃないか。女性に暴力を振るう男は最低の人間だ。あんたこそ、もっと反省したらどうだ」

怒鳴りつけたのは島木だ。

「うるせえよ、くそ親父。暴力を振るおうが何をしようが、俺はこいつを殺そうとしたことは一度もねえぞ。それをこいつは……しかも俺が寝ている間によ。まったく恐ろしい女だぜ」

「だから、そうさせたのは全部あんたのせいで、自業自得っていうやつだ」

島木も負けてはいない。

「ほざけ、くそ親父。何をどういおうが、こいつが俺を殺しにかかったことは間違いのねえ事実だ。こいつは正真正銘、殺人未遂の指名手配犯なんだからよ。それをこそこそ、あちこち逃げまくりやがって、図太いにもほどがあるぜ。そうじゃねえか。ええっ、宗田さんよ」

「だから、木綿子さんは罪を償うことを決心したんだ」

行介が怒鳴り声をあげた。

「罪の償いだと！」

克也の顔に怯えのようなものが浮んだ。

「そうさ。木綿子さんは明日警察に出頭して、立派に罪の償いをしてくるつもりなんだ。そうすればもう、あんたに、とやかくいわれることもなくなる」

勝ち誇ったように島木がいった。

「警察に出頭するだと――そんなことは俺が許さん。俺とこいつは、これから一生、追いつ追われつの人生を過すんだ。俺とこいつの腐れ縁はこれからもずっとつづくんだ。誰が出頭なんか。罪の償いをして俺から逃げようとしてもそうはさせるもんか」

悲鳴じみた声を克也があげた。右手が懐に入った。

行介の胸に嫌な予感が走った。

「逃げろ、木綿子さん。そいつは刃物を持っている！」

が、木綿子は動かない。それどころか丸椅子からすっと立ちあがった。まるで刺してくれといわんばかりの無防備な姿で。

克也が動いた。

右手にナイフを持って木綿子にぶつかっていった。次の瞬間、行介の予想もしなかったことがおこった。冬子が木綿子の前に飛び出したのだ。

行介がカウンターの外に出たときにはすべてが終っていた。克也の手にしていたナイフは冬子の左胸に埋まっていた。

「なぜナイフなんか……木綿子さんは……まだ、ご主人のことが好きなのに……」

それだけいって冬子は、その場に崩れ落ちた。克也は冬子の言葉に我に返ったのか、茫然自失の表情で立っている。

「島木、救急車っ！」

「冬子さん、どうしてこんなことを！」

木綿子が両目に涙をいっぱいためて叫んだ。

「私と木綿子さんは……似たような……境遇に思えたから、それで……」

木綿子がその場に泣き崩れた。


救急車はすぐにやってきた。

「島木、あとは頼んだぞ！」

怒鳴り声を投げつけ、行介は救急隊員と一緒に乗りこんだ。

「冬子。大丈夫か。しっかりしろよ」

寝かされた冬子の耳許で叫ぶような声を行介はあげる。

「大丈夫……私はまだ……しっかりしてるから」

声は途切れ途切れだったが、冬子の両目はうっすらと開かれていた。

「そうだ。気をしっかり持たないとな。大丈夫だ、きっと助かる。俺がついてるから、冬子のそばにはいつでも俺がいるから」

克也が姿を現したとき、すぐにカウンターから出ていれば、こんなことにはならなかった。自分の責任だと思った。冬子を死なせるわけにはいかなかった。大好きな冬子を。

「行ちゃん……」

冬子の細い声が聞こえた。

「もし私が死んでも……あの席はいつまでも……いつまでも私の指定席だから……行ちゃんの真正面にある、あの席は……」

「莫迦なことをいうな。冬子が死ぬわけないじゃないか」

その直後、冬子の両目がゆっくりと閉じられた。

行介は脇にいる救急隊員にすがるような目を向けた。

「幸い刺し傷は心臓の下でしたから、その点は――ただ出血のほうがひどいので、今のところ、予断を許さないという……」

重苦しい口調で答えた。

予断を許さない――。

行介の心臓にぐさりと刺さる言葉だった。

そのとき行介の胸に、結婚という言葉がふいに浮んだ。冬子との結婚。だが、自分は殺人者なのだ。幸せになってはいけない身なのだ。しかし……行介は冬子の耳許で叫びたかった。

「冬子、よくなったら結婚しよう」

この言葉を叫びたかった。

が、やはりできなかった。

自分は幸せになってはいけない人間なのだ。

「冬子っ、冬子っ、冬子っ」

行介は冬子の耳許で名前を叫びつづけた。

叫んでいるうちに自分が泣いているのに気がついた。冬子はかけがえのない、行介の宝物だった。

「冬子っ」

行介は全身を震わせて叫びつづけた。

解説

吉田伸子（書評家）

うっかり口にすると、火傷しそうに熱い。「珈琲屋」で出されるのは、そんな珈琲だ。けれど、その熱さがいいのだ。サイフォンで、一杯づつ丁寧に淹れられた珈琲を、ふうふうと冷ましながら、ゆっくりと口に運ぶ。馥郁とした香り、口中に広がる熱さと苦味。喉を通って行くのは、けれど珈琲だけではない。「珈琲屋」にやって来る客たちは、珈琲と一緒に、自分の胸のうちにあるもの——言い出せずにいる想い、決めかねている迷い、自分だけの小さな秘密、ｅｔｃ……——を、その胸に流し込んでいく。

本書は『珈琲屋の人々』の続編である。ある事情から人を殺めてしまった過去を持つ、宗田行介。刑期を終えて出所後に、年老いた父が閉めていた喫茶店を引き継いで再開したその店、「珈琲屋」には、行介の幼馴染である島木を始め、商店街の人々がやって来る。中でも、島木と同様に幼馴染で、離婚後に出戻り、実家の蕎麦屋を手伝っている冬子は、服役するまでは、行介の恋人だった。

前作では、その冬子と行介とのドラマを真ん中にして、「珈琲屋」を訪れる客たちそれぞれのドラマが描かれていた。本作でもそれは同様なのだが、前作よりも顕著なのは、訪れる人々にとって、行介の存在がより大きくなっていることだ。行介というよりも、止むに止まれぬ事情からとはいえ、人一人を殺めてしまった男として、訪れる人々は、まるで自らの心に秘めた罪を映す鏡のようにして、行介を見ているのだ。

例えば、「特等席」に出てくる山下。元は商店街で生花店を営んでいたのだが、店は潰れ、妻は一人息子とともに千葉の実家に行ったきり。妻から送られてきた離婚届は、署名をしないまま、山下の手元にある。甘やかされて育ち、店の経営にやる気が感じられなかったばかりか、いざ店が潰れた時でさえ、今後の生活のために頑張ろうとするよりも、まずは慰めて欲しい、と思った山下に、妻は愛想が尽きたのだ。それが三年前のこと。今、山下は警備会社に勤めている。

そんな山下が、商店街のおでん屋に足しげく通うようになったのは、主だった文江ばあさんに代わって店に立つようになった、木綿子のせいだった。山下のみならず、それまでは閑古鳥が鳴いていたおでん屋が、にわかに繁盛しているのは、木綿子の美貌の故である。店には、木綿子が頻繁に前に立つ「特等席」があるのだが、山下はその席をほぼ占有しているのだ、という。

商店街一のプレイボーイ島木には、それが面白くない。強面の行介をおでん屋に伴い、席を独占する山下に睨みを利かせてもらおうとしたことから、行介と山下の間に面識ができる。その三日後、ふらりとやって来た山下の言動に不穏なものを感じた行介は、山下の動向に注意するように島木に伝える。それからしばらく経ったある夜、島木とともにおでん屋へ顔を出した行介は、山下を見て自分の不安が的中したことを知る。

妻子に見捨てられ、たった一人で真っ暗な我が家に帰った時の、叫びだしたくなるような孤独感。ひりつくような寂しさにじわじわと侵食されていた山下が、すんでのところでその寂しさに飲み込まれずに済んだのは、行介のある行動だった。行介は、山下の背中をそっとさすったのだ。

その行介の手は、ただの手ではない。人を殺めた手である。けれど、その手だからこそ、山下は救われたのだ。罪を、償いきれない罪を犯した行介の手だからこそ、山下に伝わったのだ。行介の大きくて無骨な手が、山下の背中を上下する場面は、読み手もまたそこにいてその手にさすられているかのような錯覚を覚える。

節くれ立った大きな行介の手には、ケロイド状になって赤黒く変色している箇所がいくつもある。刑務所で勤め上げた刑期だけでは自らを許せない行介は、幾度となくサイフォン用のアルコールランプに手をかざす。ある時、その行為を目撃した木綿子は行介に問う。「贖罪ですか」と。行介は「そんな格好のいいものじゃないですよ。俺はただ、自分を苛めたいだけで……」と答える。この、行介が自分を苛めたい気持ちはそのまま、誰かに自分のようになって欲しくない気持ちでもある。どんな理由があるにせよ、犯した罪は罪として消えない。それは一生背負っていかなければならないものなのだ。そんな人間は、自分だけでいい。自分で自分を苛めるような真似は、して欲しくはない。

行介のそんな想いは、言葉にならずともきっと「珈琲屋」に満ちている。だからこそ、客たちはやって来るのだ。自分の抱えているものを、ほんの少し軽くしたくて。自分の昏い心の行き着く先を、行介を見ることで宥めたくて。

前作の文庫刊行から三年。三年前よりも、もっと時代は暗い。景気は上向いてきているというけれど、そのことを実感できている人はどれだけいるのか。商店街は相変わらずシャッター通りのまま。少子化は進む一方で、高齢化社会には歯止めが利かない。格差社会はより苛烈になり、持てる者と持たざる者との差は広がり続けている。そんな世相を反映して、本書で描かれるドラマもまた、前作よりもシリアスなものが多い。

先に書いた山下はもちろんだが、行介と刑務所で知り合い、出所後に定職が見付からず、再び悪事に加担するように誘われている茂造しかり（「左手の夢」）、離婚したDV夫が、約束通りに子どもの養育費を払わないことでストレスを抱え、そのはけ口を子どもに向けてしまう理世子しかり（「大人の言い分」）……。

誰のせいでも、何かのせいでもないのに、時として悪い巡り合わせに入り込んでしまい、そこから抜け出すことが出来ずにいる。

本書に出てくる人々は、そんな人たちでもある。みんな不器用で、みんな必死だ。必死だから、誤ちを犯しそうになる。自棄《やけ》になってしまいそうになる。道を踏み外しそうになる。だから彼らは行介の店にやって来る。ぐらぐらする心を抱えながらも、彼らは何とか踏みとどまりたいのだ。行介の側にではなく、こちらの側に。

前作では、冒頭の「初恋」で始まり、「再恋」で終わっていたのと同様に、本書では、冒頭の「特等席」に、最終話の「指定席」が呼応する。そこに登場するのは、前述した木綿子と冬子だ。初めは木綿子が行介に気があるのでは、と訝しんでいた冬子だが、やがて木綿子が背負っているものの重さを知り、それが本書のラストにもつながっていくのだが……。

読者の興をそいではいけないので、詳しくは書かないが、本書のラストは誰もが予想しなかった形で幕を降ろす。読んでいて、思わず、えっ！と声が出そうになった、とだけ。それは本シリーズがこれからも続いていく布石でもある。

本シリーズは、「珈琲屋」に来る客たちのドラマが縦糸だとすれば、行介と冬子のドラマが横糸であり、二人の関係がどうなっていくのか、も大きな読みどころだ。行介と冬子、二人で幸せになってもらいたいと思う反面、こんなに不器用で純情な（しかも、もう若くはない）男と女の関係があってもいいのでは、とも思う。いずれにしろ、本書のラストを踏まえれば、シリーズ次作で、二人の関係になんらかの変化があることは必至。それがどんなふうな変化なのか、二人の行く末に、池永さんがどういう道を示したのかは、次作までのお楽しみにしておきたい。

そうそう、お楽しみといえば、ご覧になった方も多いと思うのだが、前作と本書に収録されている「特等席」が原案となった、NHKの「プレミアムドラマ」が、二〇一四年春に全五回で放映された。その時のキャスティングは、行介役が高橋克典で、冬子役は木村多江。島木役が八嶋智人、木綿子役が壇蜜（絶妙！）だった。小説がドラマ化された時、自分でも勝手にあれこれキャスティングを考えるのが私の密かな楽しみなのだが、私が考えたキャスティングは次の通り。無骨な行介役には伊原剛志。心の奥に熱を秘めた冬子役には西田尚美。軽くて明るいプレイボーイの島木役には原田泰造で、どことなく陰がある木綿子役には吉田羊、というもの。行介役に伊原剛志というのは、ちょっと自信ありなんですが、どうでしょうか。

本作品は二〇一三年五月、小社より刊行されました。
作中に登場する人物、団体名は全て架空のものです。

双葉文庫

い-42-03

珈琲屋《こうひいや》の人々《ひとびと》
ちっぽけな恋《こい》

2015年5月17日　第1刷発行
2015年6月26日　第4刷発行

【著者】
池永陽《いけながよう》

【発行者】
赤坂了生

【発行所】
株式会社双葉社
〒162-8540 東京都新宿区東五軒町3番28号
［電話］03-5261-4818(営業)　03-5261-4840(編集)
www.futabasha.co.jp
(双葉社の書籍・コミックが買えます)

【印刷所】
大日本印刷株式会社

【製本所】
大日本印刷株式会社

【表紙・扉絵】南伸坊
【フォーマット・デザイン】日下潤一
【フォーマットデジタル印字】恒和プロセス

ISBN978-4-575-51783-5 C0193
Printed in Japan

双葉社・池永 陽の本

漂流家族

池永 陽

日常生活の中で、誰もが持っている弱さや狡さ、そして優しさを、様々な家族に焦点をあてて描いた短編集。

〈四六判上製〉

双葉社・池永 陽の本

珈琲屋の人々

池永 陽

東京のちいさな商店街にある喫茶店『珈琲屋』。そこで語られる人間ドラマを七編収録した連作短編集。ドラマ化原作。〈文庫判〉